(Un)endliche Berührungen

Günter F. Janßen

(Un)endliche Berührungen

Bibliografische Information der Deutschen Nationalbibliothek:
Die Deutsche Nationalbibliothek verzeichnet diese Publikation in der Deutschen Nationalbibliografie; detaillierte bibliografische Daten sind im Internet über http://dnb.dnb.de abrufbar.

© 2013 Günter F. Janßen
Titelbild: Wolfgang »Wolle« Schmidt – Im Schatten der Sonne blüht manch edle Blume
Der Abdruck des Bildes erfolgt mit freundlicher Genehmigung des Künstlers.
Satz, Umschlaggestaltung, Herstellung und Verlag:
BoD – Books on Demand
ISBN: 978-3-7322-6670-8

Für Heidede

Dir hätte ich diese verwirrenden Worte nicht sagen dürfen, damals, als ich dir vor dieser überbreiten und sonnendurchfluteten Fensterfront erstmals im Leben begegnete. Nicht dir, diesem staubtrockenen und aufsauggierigen Schwamm. Einfach hingeworfen, ohne groß nachzudenken, ohne bestimmte Absichten. Hinübergeprustet von einem ausgetrockneten Schwamm zum anderen. Jetzt ist es zu spät. Gleich noch das Gepäck ins Auto, Handy in die Konsole, einsteigen und abfahren. Ein Fehler, so spät noch aufzubrechen, ich weiß, aber ich will den magischen Termin auf keinen Fall versäumen. Er ist die letzte Möglichkeit, Kontakt mit ihr aufzunehmen, noch einmal ihre Nähe zu spüren, eins zu sein mit ihr. Allein in der Wohnung bleiben könnte ich jetzt ohnehin nicht mehr. Nicht nach dieser Nachricht und nicht nach unserem Telefonat. Die entstandene endgültige Einsamkeit würde mich erdrücken.

19.30 Uhr. Abfahrt. Wie die Zeit verflogen ist. Warum bin ich noch einmal in die Wohnung zurückgekehrt, als das Telefon klingelte? Ich war doch bereits fort, die Wohnungstür fest versperrt, meine Abreise mehr als verspätet. Vorweg den ganzen Tag über diese beklemmende Schwüle. Nicht zu ertragen. Fast schien sie mich bedrohlich zu umklammern, triefnass abzuschlecken, um mich dann wie ein vollgesogenes Aufwischtuch auszuwringen. Kaum hatte ich mich geduscht und umgezogen, klebte die nach wenigen Minuten durchnässte Kleidung erneut an meinem ermatteten Körper. Dann diese alles erschütternde Nachricht. Die endlos traurig schönen Erinnerungen. Das enttäuschende Telefonat mit ihren Angehörigen. Danach Dein Anruf. Er wird mich mehr als nur diese eine Stunde meines Lebens kosten. Das spüre ich. Die Bewegungen und die Atmung fielen mir auf einmal schwer, schwerer als noch vor kurzem. Jeder Schritt war Mühsal, Qual, Ermattung.

Zu nichts hatte ich mehr Lust. Zu nichts konnte ich mich aufraffen. Dabei wollte ich doch fahren, hatte ausdrücklich darum gebeten, inständig gebettelt, kommen zu dürfen.

Hier draußen bläht sich die Schwüle zu einem prall gefüllten Ballon auf, der jeden Moment mit einem lauten Knall zerplatzen kann, ja, zwangsläufig zerplatzen muss. Dann werden grell zuckende Blitze den Himmel weiträumig aufreißen, krachende Donner die Ohren betäuben und sintflutartige Regenschauer auf Stadt und Land hernieder prasseln. Das ist sicher. Wird es Staus geben auf der ohnehin vielbefahrenen A9, dieser blutdurchtränkten direkten Verbindungslinie zwischen den Hitler glorifizierenden Reichsparteitagen auf dem Zeppelinfeld und seinem viel zu späten und mehr als schäbigen Ende im Bunker der Berliner Reichskanzlei? Kann ich dem Unwetter noch rechtzeitig ausweichen oder gerate ich unmittelbar hinein? Ich fahre nachts nicht gern. Allein und bei Regen gleich gar nicht. Die hernieder fallenden Wassertropfen reflektieren glitzernd das Gegenlicht, verschlingen das eigene vor einem auf der Fahrbahn, lassen mitunter gar die weißen Markierungen kurzzeitig verschwinden. Hinzu kommen die auf die Frontscheibe klatschenden Wasserfontänen der Überholer und die Dauerbesprühung der vor einem fahrenden Autos, die einen zwingen, die Scheibenwischer nahezu durchgehend auf hoher Stufe laufen zu lassen. Wisch-Wasch, Wisch-Wasch, Wisch-Wasch. Nerv tötend!

Jeder aufgewühlte Schmutz und alles Dreckwasser wird hoch und dann mit Vehemenz auf den Nachfolgeverkehr geschleudert. Im Nu ist die gesamte Windschutzscheibe blitzartig mit stumpfen, undurchsichtigen Schlieren übersät. Lebensgefährlicher sekundenlanger Blindflug. Bei zu großem Schmutzanteil quietschen die Wischerblätter beim Hin- und schlurfen beim Rückschlag. Fast wie Eselsgeschrei. Iii-Aar, Iii-Aar, Iii-Aar. Um überhaupt noch etwas sehen zu können, ist man gezwungen, unentwegt die Scheibenwaschanlage zu betätigen. Wisch – Wasch, Wisch-Wasch, Wisch-Wasch. Zosch! Iii- Aar, Iii-Aar, Iii-Aar. Zisch, Zisch, Zisch. Wisch-Wasch, Wisch-Wasch, Wisch-Wasch. Hypnotisierend und ätzend zugleich. Bleibt mir diese Tortur heute erspart? Ich könnte sie nicht ertragen. Nicht nach dieser Nachricht und nicht nach unserem Telefonat. Rüger Schlafkomfort. Merkwürdig, früher ist mir das Geschäft rechte Hand in Mögeldorf nie aufgefallen, dabei bin ich die Strecke schon so häufig gefahren. Ich will einmal hören, was B 5 zu Wetter und Verkehr sagt:»... im gesamten Sendegebiet im Laufe des Abends und der Nacht heftige Gewitter mit sintflutartigen Regenschauern und Sturmböen. Für den gesamten Nordosten der Bundesrepublik wurden vom Deutschen Wetterdienst Unwetterwarnungen herausgegeben.« Auch das noch! Davon war doch den ganzen Tag nicht die Rede, oder habe ich es überhört? Dabei hoffte ich, der Unwetterfront zu entkommen, wenn ich nordöstlich Richtung Berlin fahren würde. Wird schon schief gehen, ist ja nicht die erste problematische Fahrt meines Lebens. Hinweisschild Pension Christel. Dort wohnte ich ein paar Wochen, als noch Hoffnung auf Rückkehr bestand.

Ich muss mich ablenken. Linke Hand blitzt gleich das Industriegut Hammer durch die stattlichen uralten Baumkronen, häufiges Ziel sonntäglicher Spaziergänge. Ausgehend von einer Mühle im 14. Jahrhundert entwickelte sich dort im Laufe der Zeit ein Industriegut mit Herrenhaus, Wirtshaus, Schule, Stallungen, Wirtschaftsgebäuden, Arbeiterwohnungen für mehr als 100 Arbeiter und Produktionsstätten, in denen im 17. Jahrhundert Bunt- und Edelmetallfolien entstanden, die bis nach Asien verschifft wurden. An Hammer beeindruckt mich, wie selbstverständlich hier die Arbeiterwohnungen direkt neben dem Herrenhaus stehend mit diesem eine harmonische dörfliche Gemeinschaft bilden, ebenso die bereits im 17. Jahrhundert geschaffenen sozialen Einrichtungen. Früh gab es eine Schule für Arbeiterkinder, mietfreie Arbeiterwohnungen und eine Invaliditäts-, Alters- und Witwenrente. Die Arbeitsverhältnisse waren unkündbar. Angesichts der heutigen Arbeitslosenzahlen, der zunehmenden befristeten Arbeitsverträge und des wachsenden Niedriglohnsegments traumhafte Arbeitsbedingungen.

Der Himmel lässt Schlimmes befürchten. Als Kind musste ich bei drohendem Gewitter sofort mit den Geschwistern herein kommen. Sobald wir alle im Hause versammelt waren, verriegelte meine Mutter die Haustür zweifach, entzündete eine große weiße Kerze, zog sämtliche Stecker aus der Wand, überprüfte sorgsam alle Fenster und zog zuletzt die Übergardinen vor. Dann löschte sie das Deckenlicht. Nichts fürchtete sie mehr als ein aufkommendes Gewitter, diesen wiederkehrenden Hinweis Gottes auf die unausweichliche Apokalypse. Während der Sturm um unser Haus fegte, der Regen gegen die Fensterscheiben prasselte und die zuckenden Blitze als flächendeckende Aufhellungen durch die abgedunkelten Fenster drangen, umfing sie uns ängstlich im flackernden Kerzenlicht am Boden kauernde Brut mit ihren Armen. Mit zittriger leiser Stimme, aber ganz regelmäßig begann sie mit dem aufflackernden Blitzlicht zu zählen: »21, 22, 23« bis der dumpfe oder krachende Donner zu hören war. Dann die Zahl: »3! Nur noch 3 Kilometer!« So maß sie den Abstand zur Gewitterfront. Blitzlicht, »21, 22«, Donnerschlag. »2! Es kommt näher!« Urplötzlich gab es eine ohrenbetäubende Detonation, wesentlich lauter und intensiver als die anderen, als ob Himmel und Hölle zugleich zerbersten würden. Dann krampfte sie erschrocken zusammen, wurde totenbleich und schrie: »Mein Gott, jetzt hat der Blitz eingeschlagen! Ganz in der Nähe! Hoffentlich nicht bei uns! Herr, steh uns bei!« Wenn sie wüsste, dass ich in dieser gespenstisch bedrohlichen Nacht eine so lange Fahrt antrete, würde sie außer sich geraten und mir die Fahrt streng verbieten. Auch heute noch. »Junge, man muss sein Schicksal nicht mutwillig herausfordern!«

Nach Ende des Gewitters verharrten wir eine Weile in der unbequemen Stellung und erwarteten Mutters Entwarnung. »Ich glaube, ihr könnt jetzt hinausgehen. Zieht eure Gummistiefel an und saut euch nicht wieder so ein, wenn ihr in den Wasserpfützen spielt! Ich will nicht schon wieder den ganzen Tag in der Waschküche stehen!« Dann schritt sie voran, entriegelte die Haustür und warf zuerst einen prüfenden Blick an den kräftig aufgewühlten Himmel. Erst, wenn die Luft nach dieser Prüfung absehbar rein erschien, gab sie den Türstock frei, damit wir das Haus verlassen konnten. Danach ging sie allein wieder hinein und öffnete alle Fensterflügel weit, um den furchtbaren Geistern der Angst die Möglichkeit zu geben, unser Haus möglichst rasch und vollständig verlassen zu können.

6 Minuten Fahrtzeit bis zur Auffahrt. Nicht schlecht! Noch gut 4 Stunden, wenn alles glatt läuft. Wer weiß, wie die Autofahrer heute bei der drückenden Luft beieinander sind. Nicht wenige von ihnen werden mit Erreichung der Autobahn automatisch aggressiv, als ob die Auffahrt zur Autobahn eine Injektion mit kampfbereit machenden Substanzen wäre. Selbst friedliche Zeitgenossen sehen sich urplötzlich von Todfeinden umringt. Hoffentlich ist kein Geisterfahrer oder Selbstmörder unterwegs. Übermüdete Fernfahrer sind mir Gefahr genug, nicht zu vergessen dieses wie ein beängstigendes Damoklesschwert über mir hängende Unwetter. Ohne die die drückende Hitze im Wageninneren verdrängende Klimaanlage würde mir der Schweiß nur so am Körper hinuntertriefen und den Autositz und meine Kleidung verkleben. Gleich bei der

Auffahrt zur A9 muss ich wachsam sein, um nicht wieder in Richtung Prag zu fahren. Als ob mich magische Kräfte in die Goldene Stadt an der Moldau ziehen wollten. Seit Jahren bewahre ich einen Gutschein für ein verträumtes Wochenende zu zweit auf. Er war in glücklichen Tagen Julias mit ein paar sehr lieben persönlichen Zeilen versehenes Geburtstagsgeschenk, welches mich tief berührte. Ich lese die Zeilen heute noch gern, bis sie vor meinen Augen verschwimmen. Leider verpassten wir es, ihn beizeiten gemeinsam einzulösen. Nun ist es endgültig zu spät.

In jenen erfüllten Jahren unternahmen wir im Frühjahr und Herbst Wochenendreisen in europäische Großstädte, während der Sommer Lignano vorbehalten blieb. Häufig weilten wir in Paris, weil ich dort regelmäßig beruflich zu tun hatte. Während ich mittwochs flog, kam sie freitags nach und wir blieben bis Sonntag, manchmal bis Montag. Bewusst wohnten wir jedes Mal in einem anderen Arrondissement, um nach und nach die ganze Stadt in ihrer herrlichen Vielfalt kennen zu lernen. Daneben reisten wir in viele deutsche Großstädte, oftmals verbunden mit dem Besuch einer größeren Veranstaltung, meist Musicals oder Opern. Einmal verbrachten wir eine Woche in New York. Meinen Tick, unbedingt im Waldorf Astoria wohnen zu wollen, und mein Verharren und Schweigen vor dem Dakota Building blieben ihr ebenso unverständlich wie meine Begeisterung für die schwarzen Sängerinnen und Sänger in »Smokey Joe's Garage«.

Den Aufenthalt in der wunderschönen, malerischen Altstadt von Prag mit ihren Ansätzen zur Bohême, dem guten Bier, deftigem Essen und urigen Wirtshäusern, erlebt mit ihr an meiner Seite hätte ich mir sehr reizvoll vorstellen können. Es hätte mich nachhaltig bewegt. Du, Fee, warst kürzlich dort. Mit unserem Kurs. Ich nicht. Da der Gutschein mich bisher stets besinnlich verweilen und rück-

blickend träumen ließ, wenn er mir zufällig in die Hände fiel, werde ich ihn jetzt besonders sorgsam aufbewahren.
»Schläft ein Lied in allen Dingen, die da träumen fort und fort, und die Welt hebt an zu singen, triffst du nur das Zauberwort«. Eichendorff oder? Manche liebgewordenen Dinge erhalten ihren wahren bleibenden Wert erst nach einem entstandenen Verlust. Deine letzten Worte bedrücken mich. »Das war ein ausgesprochen harmonischer Urlaub, wirklich wunderschöne Tage der Gemeinsamkeit« – diese Worte verlassen mich nicht mehr. So etwas hattest du vorher nie gesagt. Diese Worte beginnen, sich in mir festzusetzen. Sie ergreifen krebsartig Besitz von mir. Sie nagen an mir, zerfressen mich. Zu sehr habe ich gefühlt, wie du sie gemeint hast, zu sehr verstanden, was sie mir wirklich sagen sollten. Es sind nicht die Worte an sich, die uns verzagen lassen, sondern die Denkräume, die sie schaffen. In sie zwingen wir unsere tiefgehenden Überlegungen, wachsenden Zweifel und negativen Schlussfolgerungen. Unsere Trauer. Auch der Zeitpunkt einer Aussage ist bedeutend. Du hast den denkbar falschesten Moment für diese Worte gewählt. Blattschuss!

Der Verkehr ist für diese Tageszeit erstaunlich dicht. Sobald die ersten vereinzelten Tropfen fallen, wird es sich schnell stauen. Mit dem ersten Aufschlag eines Regentropfens auf die Windschutzscheibe verlernen viele das Autofahren und geraten in Panik. Wie im Winter, wenn der erste Schnee fällt. Als ob die ganze Nation noch nie Schnee gesehen hätte oder bei Schnee gefahren wäre. Augenblicklich ist außen noch alles ruhig, wenngleich weiterhin drückend schwül. Die berühmte Ruhe vor dem losbrechenden Sturm lastet fühlbar und bedrohlich auf dem ausgedörrten Land. Die endlos plane Fahrbahn flimmert leicht von den aufsteigenden Hitzewellen, zugleich zieht sich der Himmel immer bedrohlicher zu. Die fast geschlossene dunkle Wolkenwand scheint die Erde am Horizont direkt zu berühren. Tonnenschwer hängen die fetten schwarzen Regenwolken am sommerlichen Abendhimmel. Spätestens in Lauf, befürchte ich, werde ich nicht mehr unter ihnen hindurchfahren können. Im Moment herrscht Grabesstille. Keine Anzeichen für Wind, kein Wetter leuchten ist zu sehen. Vielleicht entkomme ich dem Unheil nach der Hersbrucker Schweiz. Auf über vierhundert Kilometern mit wechselnden Landschaften ist einiges möglich. Jetzt aber aufgepasst, nicht schon wieder die falsche Abfahrt nehmen. Prag ist nicht mehr. Nie mehr! A9. Richtung Berlin. Wunderbar. Diesmal ohne zeitraubendes Verfahren. Die Landschaft vor mir wird felsig hügelig. Östlich von Lauf sehe ich die Ausläufer der Hersbrucker Schweiz. Hinweis: Berlin 423 km. Jetzt einzelne Etappen festlegen und abarbeiten. Bayreuth ist die nächste größere Stadt, dann folgt Hof. Beim Brückenrasthaus Frankenwald ist ungefähr ein Drittel geschafft, in Osterfeld die Hälfte. Ab Leipzig sind es knapp 180 Kilometer, die aber in der Regel wie im Fluge vergehen, weil ich in der flachen Norddeutschen Tiefebene erfahrungsgemäß zügiger vorankomme. Dann Potsdam, schließlich das Ziel.

Unmittelbar nach der Wende war die Fahrt von und nach Berlin eine einzige Katastrophe. Die gesamte Strecke war eine durchgängige Baustelle, dazu die vielen Autofahrer, die ihren Umstieg vom Trabbi auf den Golf fahrtechnisch noch nicht bewerkstelligt hatten. Einmal reisten Julia und ich aus Berlin zurück. Von Marzahn südlich über den Ring bis Halle benötigten wir zehn Stunden für nicht einmal zweihundert Kilometer! Ausschließlich Stop and Go. Gang einlegen, Kupplung kommen lassen, schleichend zehn Meter rollen, Kupplung und Bremse treten, Gang heraus nehmen, halten. Motor laufen lassen. Motor abstellen, weil es länger dauert. Motor wieder anstellen, da es plötzlich doch wieder zehn Meter voran geht. Den ganzen lieben Tag lang das gleiche nervenaufreibende Spiel. Dazu ein satter Landregen, der uns die Treue hielt und von Stunde zu Stunde schwerer zu ertragen war. Wisch-Wasch, Wisch-Wasch, Wisch-Wasch. Halten, rollen, halten. Wisch-Wasch, Wisch-Wasch, Wisch-Wasch. Heute läuft es hoffentlich besser! Zumindest wäre es mit dem Automatik jetzt etwas komfortabler.

Das mich umgebende Frankenland ist ein schönes Fleckchen Erde, wohin ich auch schaue. »Wie ein Zauberschrank immer neue Schubfächer thun sich auf und zeigen bunte, glänzende Kleinodien, und das hat kein Ende«, wie Fürst Pückler begeistert notierte. Die A 9 durchläuft hier kurvig eine überwiegend mit Nadelwald bedeckte hügelige Landschaft. Ich lebe gerne hier, wenngleich kein geborener Franke, sondern ein anfangs argwöhnisch beäugter Fischkopp. Die Franken selbst sind ein wenig mundfaul und kontaktscheu, aber rechtschaffene und fleißige Leutchen mit einem ganz eigenen skurrilen Humor. Nach der neapoletanischen Weise »Funiculi Funicula« singen sie, sich bier- oder weinselig in den Armen liegend: »Schau hie, da liegd a doda Fisch im Wassa, den mach'ma hie, den mach'ma hie! Lesbisch, lesbisch, und a bisschen schwul ...« Abgefahren! Kommt an Genialität dem norddeutschen »An der Nordseeküste, im Plattdeutschen Land, sind die Fische im Wasser und selten an Land!« recht nahe. Vielleicht gefällt es mir deshalb in Franken so gut.

Hier auf der A 9 in Richtung Berlin streife ich drei wunderbare fränkische Landschaften. Östlich die Hersbrucker Schweiz, westlich die Fränkische Schweiz, schließlich, nach Plech, den Veldensteiner Forst. Fast überall in den malerischen Ortschaften isst man gut, reichlich und preiswert, was sich im Laufe der Jahrzehnte leider in meinem äußeren Erscheinungsbild niedergeschlagen hat. Schäufele oder Schweinebraten mit Kloß und gebackener Karpfen sind nun mal keine Brigitte Diät, wie sehr ich es mir auch wünschte. Gleich bei Lauf erhält die den Ort durchfließende Pegnitz ein stärkeres Gefälle, weshalb an ihr bereits im 11. Jahrhundert Wassermühlen errichtet wurden und eine Siedlung entstand, die unter Karl IV. zur Stadt erhoben wurde. Anfang der neunziger Jahre war ich hier bei einem Hörer zum Abfischen eines Karpfenteiches eingeladen. Wir kecherten die schweren Karpfen aus dem abgelassenen Teich, warfen sie in einen großen, auf einem Wagen befestigten Wasserbottich und kippten sie später in eine Wasserstelle mit reinem Fließwasser, wo sie gewässert wurden. Unterlässt man die Wässerung, schmeckt der Karpfen später moderig, weil er Zeit seines Lebens wie ein Mastschwein im Morast, im algenverschmutzten Schlamm des Teichgrundes herumwühlt und frisst. Nebenbei nahm ich einige Interviews auf meinem kleinen Rekorder auf, den ich damals stets bei mir trug, so dass ich als Nebenprodukt gleich einen interessanten Beitrag über Karpfenzucht in Franken in der Tasche hatte, den wir in der Folgewoche ausstrahlten. Zum Abschluss erhielt ich einen lebenden Karpfen und eine lebende Schleie geschenkt, die ich daheim behutsam in unseren kleinen Gartenteich setzte, obwohl Julia vor allem den Karpfen liebend gern gleich in die bereitstehende Fritteuse geworfen hätte. Die Schleie empfinde ich vom Körperbau her als sehr graziös und habe die Meinige gern beobachtet, wenn sie ruhig und elegant durch das Wasser gleitend, ihre beharrlichen Runden drehte.

Warum, fällt mir gerade ein, besucht man eigentlich Städte, betrachtet Gebäude und Plätze? Um ihrer selbst willen? Ich nicht. Wenngleich ich für schöne oder gewagte Architektur jeglicher Epoche nicht unempfänglich bin, gewinnen Orte und Plätze für mich erst dann ein tiefer gehendes Interesse, wenn ich sie mit einem konkreten Ereignis oder einer konkreten Person in Verbindung bringen kann. Mensch vor Stein! So bleibt der »Place des Vosges« in Paris für mich immer der Ort, an dem ich einen vom äußeren Erscheinungsbild her bemitleidenswerten Kastraten mit einer engelsgleichen Stimme hörte, wenngleich die Harmonie und Geschlossenheit des Platzes ihren eigenen, bezaubernden Charme versprühen. In Venedig interessierten mich das kleine Fenster in der »Merceria Orologio«, aus dem einst ein Blumentopf lärmend hinunterfiel und eine Revolte verhinderte, und Casanovas Gefängniszelle unter dem Dach des Dogenpalastes mehr als der Palast selbst. Das Brandenburger Tor bleibt für mich unauslöschlich ein endloser abendlicher Fackelzug der Hitlerfaschisten anlässlich ihrer Machtergreifung. Die Wöhrderwiese in Nürnberg ist forthin für mich der verzauberte Ort, an dem ich mit dir eng umschlungen im sommerlich warmen Gras lag. Das Pochen unserer erregten Herzen überdeckte den Gesang der uns umgebenden Vögel, der Geruch deiner aufsteigenden Lust und die Berührung deiner zarten Haut ließen mich den lieblichen Sommerduft und die fröhlichen Menschen um uns herum vergessen.

An jenem schicksalsträchtigen Morgen unserer ersten Begegnung waren wir beide etwas zu früh in dem Sprachkurs. Du, Fee, standst am Fenster, deine Ellenbogen aufgestützt. Dein Blick durchdrang die Gegend. Aber weder regnete es, noch würdest du von Klopstock schwärmen. Das spürte ich sofort. Ich sah deinen schönen schlanken Frauenkörper das durch die überbreite Fensterfront hereinflutende gleißende Sonnenlicht brechen, deine Konturen wie von einem hell leuchtenden Strahlenkranz umfasst. Leicht erschrocken und etwas verlegen drehtest du dich zu mir, um mir zaghaft freundlich zuzulächeln. Langes, gescheiteltes mittelblondes Haar, ein großer lachender Mund, großzügig geschwungene Augen. Die gleiche Augenfarbe wie ich. Kaum Schminke. Bekleidet warst du mit Pumps, einer blauen Jeans und einer rot-schwarz gemusterten Seidenbluse. Schlicht und leger, aber nicht einfach. So etwas Schönes und Anmutiges hatte ich in diesem Kurs nicht erwartet. Für mich strahltest du wie ein hell erleuchteter buntgeschmückter Christbaum, den man als Kind erst zu Gesicht bekam, wenn einen die Eltern den Raum für die Bescherung betreten ließen.

»Was bist denn Du für eine unfassbar schöne Frau?« brach es völlig unkontrolliert aus mir heraus. Keine Begrüßung, kein Sie, keine Distanz, wie es angebracht gewesen wäre. Einfach du und frontal. Ungeplant und ungewollt. Intuitiv. Nach diesem verbalen Aussetzer fühlte ich meine Gesichtsröte aufsteigen und rechnete mit einer barschen Zurechtweisung deinerseits, die aber ausblieb. Verhalten kamst du auf mich zu und stelltest dich mit zögerlichem, zittrigem Handschlag mit deinem Vornamen vor. Dann ich mich. Forsch, soweit möglich, um meine Verlegenheit zu überspielen. Die heikle Situation war mir sehr peinlich und ich entschuldigte mich für meinen ungehörigen Auftritt, wobei ich dich darum bat, meinen Spruch nicht als plumpe Anmache zu werten. Es sei halt unaufhaltsam aus mir herausgesprudelt. Du akzeptiertest meine Entschuldigung und lächeltest mich erneut freundlich an. Wie es der Zufall an diesem Tag wollte, war der einzige freie Sitzplatz in dem Kurs der neben Dir. Was für ein Geschenk.

Julia hatte ich ganz anders kennen gelernt, anlässlich eines Außendiensttermins, den ich peinlicherweise auch noch verschlief. Obwohl sie als Chefin eines größeren medizinischen Instituts sicherlich unter Termindruck stand, wartete sie über eine Stunde auf mich. Registriert hatte ich sie erstmals im Rahmen der Vorbereitung einer Verbrauchermesse, aber nie gewagt, sie direkt anzusprechen. Den

Termin hatte ein Mitarbeiter vereinbart. Sie trug damals ein eng geschnittenes Kostüm, High Heels, Goldschmuck und hochgesteckte schwarze Haare, was, wie sich später zeigte, ihrem Standardoutfit entsprach. Manchmal sah ich sie danach auch mit einem Pferdeschwanz. Rot und Schwarz, die Farben für Liebe und Tod, dominierten ihre Garderobe, dazu viel weiß, manchmal blau. Sie faszinierte durch ihr selbstsicheres Auftreten, ihre Intelligenz und ein klassisch schönes Aussehen, wobei man sich vor allem in ihren dunkelbraunen, fast schwarzen Augen und dem sinnlichen großen roten Mund verlor. Wie du war auch sie kaum geschminkt. Jetzt, da ich darüber nachdenke, erkenne ich erst die Ähnlichkeit zwischen euch. Sie hätte mir eigentlich sofort auffallen müssen. Ihr ward in vielen Dingen der gleiche Typ, du in etwa eine zwanzig Jahre jüngere, etwas lockerere Ausgabe von ihr. Dennoch ward ihr auch sehr verschieden.

Bei den Treffen, bei denen ich ihr wiederholt begegnete, waren stets viele Geschäftsleute anwesend. Kein Mann im Saal, der sie nicht mit den Augen ausgezogen hätte. Außer mir. Ich ging gerade durch das Höllental einer unendlich schmerzhaften Trennung, die ich nicht überwinden konnte. Mehr vegetierend als lebend, schien das Thema Frauen für mich endgültig erledigt zu sein. Ich kämpfte nur mehr ums nackte Überleben, wirtschaftlich wie emotional. Beide Kämpfe hätte ich voraussichtlich verloren, wäre sie nicht in mein aus den Fugen geratenes Leben getreten. Während unseres Geschäftsgesprächs glaubte ich mehrmals das Wort »Enkel« verstanden zu haben, was ich aber meinem desolaten körperlichen Zustand zuschrieb, da ich in der vorhergehenden Nacht versucht hatte, fehlenden Schlaf durch eine Überdosis Alkohol auszugleichen. So wie sie mir gegenübersaß, jugendlich frisch und fröhlich gestikulierend, schätzte ich sie höchstens auf fünfunddreißig.

Studium, dachte ich, anschließende Promotion, da hat man noch keine Enkel. Trotz des missratenen Auftakts unseres Termins wurde es eine sehr anregende und angenehme Unterhaltung, an deren Ende wir einen Werbevertrag miteinander abschlossen, der weitere Treffen beinhaltete. So blieben wir in Kontakt.
19.49 Uhr. Ausfahrt Lauf/Hersbruck. Eben überquerte die A 9 die Pegnitz, nun erstreckt sich östlich die wunderschöne Hersbrucker Schweiz vor mir. Der Abzweig nach den zwei Brücken ist für mich wie ein Stich ins Herz. Wenn ich hier rechts von der Autobahn abfahren würde, wäre ich in einer halben Stunde bei dir, Fee. Ich könnte bei dir klingeln. Aber wozu? Du würdest mich abweisen, ich wie ein erfolgloser Zeitschriftenwerber hängenden Kopfes abziehen. Es ist wohl besser so für uns, wie es jetzt ist. Trotz des unmittelbar bevorstehenden Unwetters und meiner Traurigkeit wird es im Wageninneren fühlbar angenehmer. Ich verschmelze körperlich mit der Motorenvibration. Mein Herzschlag passt sich dem gleichförmig ruhigen Rhythmus des Motors an. Dazu die eigenartige, ein wenig mystische Stimmung des Tagesausklangs, wenn der lichte verlebte Tag kaum wahrnehmbar entschwindend, der dunklen geheimnisvollen Nacht weicht. Als ich einige Jahre lang mein Büro im achtundzwanzigsten Stock eines Büroturmes hatte, wartete ich diese Stunde des Zwielichts in passenden Jahreszeiten ab, bevor ich nach der Arbeit heimfuhr. Dann rückte ich meinen Drehsessel vor die riesigen bodentiefen Fenster und schaute, wie sich die Umrisse der Häuser und Pflanzen in der Umgebung allmählich veränderten, teilweise unnatürlich plastisch erschienen. Die idale Zeit, schweigend ein Gläschen Rotwein zu genießen, verträumt seinen Gedanken nachzuhängen oder ängstlichen Naturen möglichst bildhaft blutrünstige Gruselgeschichten zu erzählen.

Als nächstes erreiche ich die Talbrücke Schnaittach mit Blick auf das ausladende Schnaittachtal und den imposanten Hienberg, an dem sich die A 9 zerteilt. Wenn man gleich zu Beginn der Brücke scharf nach rechts schaut, sieht man den Rothenberg mit seiner riesigen Festung, auf der es spuken soll. Ein selbstmordender Oberst, ein erwürgter Soldat und ein vor Erschöpfung umgekommener Tambour geistern angeblich geräuschvoll durch die verlassene Anlage. Vor der Festung verbrachte ich einmal an einem heißen Julitag viele Stunden, mich intensivst mit dem Fremdenführer unterhaltend. Angeregt plaudernd warteten wir zwei gemeinsam vergeblich auf weitere Besucher, da er für mich als Einzelperson keine Führung unternehmen durfte. Später ließ er mich dann doch kurz hinein, und ich konnte von dort oben wunderbar den Glatzenstein, den Eingang zur Hersbrucker Schweiz, erkennen.

Interessanter als die Festung selbst, auf der es außer den Kasematten nur Ruinen zu sehen gibt, weil man in ihr u.a. Sprengstoff für den Ersten Weltkrieg ausprobierte, waren die ausgiebigen Erzählungen des Fremdenführers. So erfuhr ich von dem bayerischen Schnaittach als Stachel im fränkischen Fleisch, dass sowohl Maria Theresia als auch angeblich Napoleon die Festung monatelang vergeblich belagert hätten und von den vielen, vor allem Frauen und Kindern, die aufgrund der feuchten und ungesunden Wohnräume in der Festung frühzeitig an Typhus verstarben. Ebenso hörte ich von Franz Hartl, einem Nürnberger Spion, der entlarvt und hingerichtet wurde. Zuerst wurden ihm 15 Liter in Magen und Darm gärende Jauche eingeflößt, durch die er förmlich zerplatzte, danach hing man ihn sicherheitshalber noch an den Beinen auf, damit auch noch ein letztes vielleicht vorhandenes Lebensfünkchen aus ihm herausfallen konnte. Nürnberger sind offensichtlich nicht nur in Fürth recht unbeliebt. Der anschließende

Versuch der Nürnberger, die Festung mittels Untergrabung und Sprengung zu erobern, ging im wahrsten Sinne des Wortes nach hinten los. Die Druckwelle wandte sich nicht wie beabsichtigt nach innen, sondern nach außen, weshalb die Nürnberger ihre Eroberungspläne aufgaben und stark reduziert den Heimweg antraten. Mit Napoleons Eingliederung Frankens in Bayern im Jahre 1806 entfiel die strategische Bedeutung der Festung und sie zerfiel. Ach ja, der Napoleon. Wie Hitler kein Deutscher, sondern Österreicher, so war er kein Franzose, sondern Korse mit italienischen Wurzeln. Dies ist nicht die einzige Parallele zwischen den Beiden, die entlang der A 9 ihre zerstörerischen blutigen Spuren hinterließen.

Hinweis: Berlin 409 km. Nach der Talbrücke teilt sich die A 9 und führt östlich über die Ostenoher und westlich über die Simmelsdorfer Hangbrücke am Hienberg vorbei. Die Fahrt erhält jetzt einen ganz eigenen, getragenen Rhythmus. Eins mit der unmerklich verrinnenden Zeit und dem eintönig singenden Motor gleite ich sacht auf der hier leicht serpentinenhaften Autobahn dahin. Kraftwerk kommt mir in den Sinn »Fahr'n, fahr'n, fahr'n auf der Autobahn ...«, »In a Gadda da Vida« von Iron Butterfly. Ein Gefühl wie damals während meiner Langstreckenläufe. Die ersten Kilometer quäle ich mich, muss meinen inneren Schweinehund überwinden, um weiterzulaufen, den Körper auf ideale Betriebstemperatur erwärmen. Rasch fällt meine Atmung von allein in einen ganz regelmäßigen Takt. Zwei Schritte einatmen, zwei Schritte ausatmen. Mein Körper drittelt sich. Der Kopf wird frei und beschäftigt sich gedanklich mit ganz anderen Dingen als dem Laufvorgang. Die Körpermitte wirkt wie abgeschaltet, wird nur mitgeführt. Die Beine scheinen mich von ganz allein weiter zu tragen. Ab diesem Moment glaube ich, ewig laufen zu können. Ähnlich ergeht es mir jetzt, wenngleich in passiver

Haltung. Mein Körper hat auf Energiesparstufe geschaltet, verharrt in einer Art Ruhestellung und könnte sich unbegrenzt forttragen lassen. Nur die Augen sind wachsam, koordinieren die Fahrbahn, die Rückspiegel, die Arme und das rechte Bein. Der Rest ruht entspannt in sich. Früher liebte ich diese Weltabgeschiedenheit im Auto, wenn es draußen dämmerte, ein klarer Sternenhimmel seine tief gestaffelte Pracht über mir ins Grenzenlose entfaltete und die sich nähernden und entfernenden weißen und roten Lichterketten vor mir, durch Überholer, Kurven, Anhöhen und Täler die Reihen durchbrechend, zu tanzen begannen und wenn zudem die gedämpft farbig aufleuchtenden Anzeigen des Armaturenbretts im Wageninnern eine entspannte Atmosphäre verbreiteten, die durch eine angenehm melodiöse Musik aus dem Radio untermalt wurde. Ich fühlte mich unangreifbar in meiner eigenen kleinen, geschlossenen Blechwelt, während mich das Auto scheinbar laut- und mühelos über die endlos wirkenden Straßen hinfort trug, dem jeweiligen Ziel entgegen, welches ich im Grunde gar nicht mehr erreichen wollte. Fahren, nur fahren. Immerfort. »Ich bin unterwegs nach Süden, und will weiter bis ans Meer …« Wader. Häufig hörte ich Cassetten mit Liedern von ihm, Bob Dylan, Donovan, Joan Baez, Klaus Hoffmann, Wolf Biermann oder Helmut Debus, die ich über Stunden inbrünstig oder mitfühlend mitsang. Im Leben hätte mir etwas Wesentliches gefehlt, hätte ich diese Künstler nicht kennen lernen dürfen. Lange Jahre waren sie ein fast täglicher Begleiter für mich und überdauerten einige Liebesbeziehungen, an deren jeweiligen Anfängen sie gestanden hatten. »Manche Stadt und manches Land, manche Stunde, manchen endlos langen Tag, ließ ich im Dunkeln hinter mir …« »Heute hier, morgen dort, bin kaum da, muss ich fort …« Wader.

Die letzten Jahre mit Julia tendierte ich zu schönen Liedern mit herausragenden Interpreten. Im Bayerischen Rundfunk verfolgten wir längere Zeit montags abends eine Sendung, die sich »Schöne Stimmen« nannte. An diesen Abenden genossen wir regelmäßig unseren Schwimm- und Saunatag, sofern wir nicht ins Kino gingen. Langsam und wohlig entspannt durch das ruhige warme Wasser gleitend oder nach einem heißen Saunagang ausruhend auf einer Sonnenliege, war mir fast feierlich zumute, wenn ich diesen ausgesuchten Stimmen und Liedern lauschen durfte. Schönheit euphorisiert, egal in welcher Form man ihr begegnet: eine herausragende Stimme, ein gefühlvolles Lied, ein faszinierendes Bild, ein ergreifendes Buch, ein mitreißendes Theaterstück, ein überwältigender Film, eine pittoreske Landschaft, eine farbenprächtige Pflanze, ein edles Tier, ein attraktiver Mensch, eine vornehme Geste, ein verbindliches Wort, gesprochen von einer geliebten Person. Mensch sein heißt, Schönheit erkennen und bewusst genießen zu können. Gelöst erlebte gemeinsame Zeiten waren das damals mit ihr. Intensiv gefühltes Miteinander. Wortloses Beisammensein, inniglich vereint. Körper und Seele befanden sich im Einklang, auch mit dem Gegenüber. Ich hoffe, diesen Moment noch einmal mit ihr teilen zu dürfen.

Tagsüber mag ich kaum noch Radio hören, weil selbst öffentlich-rechtliche Sender auf eine ganz begrenzte Anzahl von Hits setzen, die sie unentwegt rotieren lassen. Bei den Privatsendern hört man ergänzend Wortbeiträge, derer man nicht bedarf und die einem, ohne am Kiosk vorbeischauen zu müssen, verraten, welche Themen die Bildzeitung am jeweiligen Tag abgearbeitet hat. Dazu die unvermeidlichen Witze unterhalb der Gürtellinie und die penetranten Telefonattacken, die die Würde des Angerufenen nicht in jedem Falle wahren. Wir hatten früher eine musikalische Bandbreite von Speed Metal bis Klassik und

Wortbeiträge von Politik und Sport über Märchen und Literatur bis hin zu christlichen Beiträgen. Kommerziell scheinbar nicht besonders clever, aber überlebensfähig und für die Hörer und uns Macher sinnvoll. Die Einschaltquote war uns sekundär. Gewinnmaximierung und »shareholders value« sind kein wirklicher Lebenssinn, auch wenn die Nadelstreifenjunkies sich dies notgedrungen tagtäglich für ihr Ego einreden müssen. Freude am eigenen Tun dagegen ist ein Stück purer Lebensqualität.

Kommunikation mittels elektronischer Medien, kommt mir dabei in den Sinn, wird heutzutage bei uns übertrieben groß geschrieben. Gemessen an der Häufigkeit ihres Auftretens in den Werbeblöcken von Radio und Fernsehen liegt sie in ihrer Bedeutung gefühlt noch vor der Sorge um körperliche und häusliche Reinlichkeit. Dabei verkümmert der persönliche Kontakt in der Realität zusehends. Auf Facebook haben die Nutzer hunderte von Freunden. Je mehr Hundertschaften ich aufreihen kann, desto angesehener bin ich in diesem System offensichtlich. Ist auch nur ein wahrer Freund darunter, der einem zur Seite steht, wenn es wahrer Freundschaft bedarf? »Mich, Henker«, ruft er, »erwürget! Da bin ich, für den er gebürget!« Sehen sich die Menschen überhaupt noch, oder kommunizieren sie nur noch elektronisch und im Verbund? In Chaträumen belügen sie sich jedenfalls, was für kraftvolle Hengste und rassige Stuten sie doch seien. Das böse Erwachen kommt beim ersten realen Aufeinandertreffen, sofern überhaupt jemals eines stattfindet. Nach R.D. Precht ist das Internet die Guillotine des 21. Jahrhunderts.

Ich färbe meine Haare nicht, trage kein Toupet und ziehe auch den Bauch nicht ein, wenn mir eine attraktive Frau entgegenkommt. Wer mich nicht so mag, wie ich bin, der soll einfach weitergehen. Ich brauche ihn nicht. Wenn es mir gelingt, ein bis zwei aufrechte Menschen dauerhaft für mich zu interessieren, bin ich ein reicher und glücklicher Mensch. Als Kind besaß ich weder Internet noch Handy, nicht einmal ein Haustelefon. Wenn ich Kontakt wollte, ging ich einfach zum Nachbarn links, rechts oder gegenüber, klopfte und fragte, wer Lust zum Spielen habe. Fündig wurde ich in der Regel gleich im ersten Haus. Zufällig bei uns vorbeikommende Dorfbewohner kehrten auf ein Teechen ein, plauderten ein Weilchen und gingen dann wieder ihres Weges. Heute kennen viele Menschen ihre Nachbarn oftmals nicht einmal mehr dem Namen nach. Tote verwesen unbemerkt in ihren Wohnungen. Mit Freunden oder Bekannten vorher elektronisch vereinbarte Treffen finden im Restaurant oder Café statt, da sonst die durchgestylte häusliche Ordnung Schaden nehmen oder der Besucher länger als gewollt bleiben könnte, womöglich die geliebte tägliche Soap im Fernsehen gefährdend. Auf neutralem Terrain kann jeder gehen, wann es ihm passt, und er muss auch nichts Individuelles preisgeben.

Auf der Straße und in den öffentlichen Verkehrsmitteln sieht man nicht nur Jugendliche mit Kopfhörern, die sich musikberauscht oder spielend ihrer jeweiligen Umwelt entziehen. Ältere Menschen verbergen sich gern hinter ihren Zeitungen und Zeitschriften, um nicht angesprochen zu werden. Die Formel dabei ist einfach: Je mehr Kommunikationsmittel vorhanden sind, desto weniger direkter persönlicher Kontakt entsteht. Alles Wesentliche wird vom Menschen ausgelagert. Begegnungen erfolgen in großen tumben Massen, oft von zu lauter Musik, ungesunden Mengen Alkohol und Nikotin begleitet oder gar nicht. Gefühle werden stellvertretend in den überhand nehmenden Dokusoaps miterlebt. Liebe wird zu Sex degradiert und auf unterschiedlichste Art und Weise kommerzialisiert. Positive Werte wie Freundschaft, Hilfsbereitschaft, Mitgefühl und Treue verfallen, unwerte Eigenschaften wie Gier, Neid,

Egoismus und Rücksichtslosigkeit werden zur Norm erhoben. Heute, im Zeichen der Konsum-, Spaß- und Freizeitgesellschaft, will sich niemand mehr mit irgendwem oder irgendwas belasten, nicht einmal mehr mit den eigenen Problemen. Nicht wenige Zeitgenossen haben sich bereits dauerhaft in elektronische Parallelwelten verabschiedet.

20 Uhr vorbei. Die Autobahn führt weiterhin mit zahlreichen, zum Teil sehr lang gezogenen Kurven seicht auf und ab. Eben hat sie eine Hügelkette durchbrochen, die sicherlich beim Autobahnbau gesprengt wurde. Östlich, in Richtung Hersbrucker Schweiz, erhebt sich eine bewaldet felsige Hügellandschaft. Aha, jetzt kommt Plech, das südöstliche Tor zur westlich gelegenen Fränkischen Schweiz, in der laut Jean Paul »der Weg von einem Paradies durchs andere« läuft. Hinweis: Berlin 394 km. Danke B 5, alles schon vernommen, noch einmal hören muss ich es nicht! Ich will einmal weiterdrücken. Auf Musik habe ich keine Lust, die lässt zu viel Freiraum zum Grübeln. Lieber sind mir Wortbeiträge zum Zuhören oder Mitdenken. Mal sehen. Die 20 Uhr Nachrichten dürften gleich vorüber sein, da beginnen sicherlich neue Sendungen. Vielleicht finde ich etwas Interessantes. Was ist das? »… wünschen wir ihnen einen unterhaltsamen Abend mit unserem heiteren Literaturquiz.« Klingt gut. Hoffentlich wird es nicht so elitär oder von oben herab belehrend. Aha, sie beginnen die Sendung mit der Geburt, haben vermutlich ein chronologisches Konzept zugrunde gelegt: »Die Konstellation war glücklich. Die Sonne stand im Zeichen der Jungfrau und kulminierte für den Tag. Jupiter und Venus blickten sich freundlich an, Merkur nicht widerwärtig. Saturn und Mars verhielten sich gleichgültig. Nur der Mond, der soeben voll ward, übte die Kraft seines Gegenscheins umso mehr, als zugleich seine Planetenstunde eingetreten war. Er widersetzte sich daher meiner Geburt, die nicht eher erfolgen

konnte, als bis diese Stunde vorübergegangen war.« Ein wirkliches Quiz ist das zwar nach dem Einstieg nicht mehr, aber ich will einmal hineinhören, welche neuen Aspekte sie bringen. Man lernt ja nie aus.

Bis Pegnitz führt die A 9 jetzt durch den Veldensteiner Forst, einem der größten zusammenhängenden Waldgebiete Bayerns mit Kiefern- und Fichtenwaldungen. Wie schon durch die Hersbrucker Schweiz geht es auch hier kurvig bergauf und bergab. Als nächste Etappe steht Trockau auf dem Plan. Wie oft hatten Julia und ich uns dort mit ihrem Vater und dessen Zweitfamilie zum Mittagessen und zur späteren Kaffeetafel getroffen. Obwohl ihre Familie jedes Jahr mindestens einmal mehrere Tage in immer demselben Gasthaus weilte, haben sie uns nie in Erlangen besucht, was doch naheliegend gewesen wäre. Warum eigentlich nicht? Konnte die Stiefmutter es nicht ertragen, dass die andere Tochter ihres Ehegatten weitaus intelligenter, attraktiver und erfolgreicher war als ihre eigene, etwas bescheiden ausgefallene gemeinsame Tochter? Sie hielt sich hartnäckig für der Weisheit letzter Schluss, wenngleich nur über eine recht bescheidene Bildung verfügend, wofür ausnahmsweise nicht Hitlers Krieg primär verantwortlich zeichnete. Viele ihrer verbreiteten Weisheiten hielten einer ernsthaften Überprüfung nicht stand. Je ungewisser der Wahrheitsgehalt ihres Beitrages, desto vehementer ihr Vortrag, stur der Unweisheit folgend: Wer schreit hat recht!»Es ist gut, daß man Feindschaft zwischen sich und den Narren und Schelmen setze.« Diese Weisheit stammt meines Wissens auch von dem Gesuchten.

Julia wurde von der Zweitfamilie ein wenig wie Aschenputtel behandelt. Alles, was sie auszeichnete, wurde negiert. Selbst mein Schwager, den die Familie dank jahrelanger gemeinsamer Anstrengungen gesellschaftlich von einem guten Handwerker auf einen unbedeutenden Zollbe-

amten absenken konnte, fühlte sich in seiner beschränkten Lebensweise überlegen und glaubte von oben herab über sie urteilen zu dürfen. »Warum lässt du dir das gefallen?« »Sie wissen es nicht besser. Wir müssen für sie mitdenken und nachsichtig sein.« Welche Größe! Ich war da eindeutig kleinkarierter. Manchmal hätte ich mich schon gern gegen die größten Eseleien gewehrt. Ich muss einem Deppen nicht auch noch das andere Ohr hinhalten! Julia zuliebe unterließ ich den Disput. So oft waren sie ja auch nicht in Trockau, und die Küche im Gasthof Löffler machte an diesen Tagen einiges wett. Toleranz geht durch den Magen!
Auch dich, Fee, zeichnet diese zurückhaltende, bescheidene Art aus. Du möchtest niemanden verletzen, bist stets um Ausgleich bemüht, selbst wenn du dabei zurückstecken musst. Gleichzeitig bist du so unglaublich offenherzig und witzig. Ich genoss jede Sekunde, die ich in dem Spanischkurs neben dir sitzen durfte, die zufälligen Blicke und Berührungen, die zaghaften Annäherungen. Wie es mich durchlief, wenn mein Finger unversehens deine Hand berührte, wenn unsere Füße sich unter dem Tisch begegneten. Ich zog zurück wie vorm Feuer, doch eine geheime Kraft zog mich wieder voran. Fühltest du, wie diese kleinen Berührungen mich peinigten? »Herz, mein Herz, was soll das geben? Was bedränget dich so sehr? Welch ein fremdes neues Leben! Ich erkenne dich nicht mehr.« Was ist denn das jetzt? Wissen die im Radio, was ich momentan denke, oder warum bringen sie gerade jetzt dieses Gedicht? Die Kursleiterin jedenfalls ahnte schnell etwas. Sie beobachtete uns fortwährend, machte zweideutige Bemerkungen und nötigte dich in Beispielsätzen, dein Eheleben preiszugeben. »Cómo está tu marido?« Als ob sie einen Keil zwischen uns treiben oder dich vor mir schützen wollte. Du schienst sehr glücklich verheiratet zu sein, wie ich deinen erzwungenen Mitteilungen entnahm. Ihr ward aktiv, oft

auf Reisen, gesellschaftlich gut eingebunden. Jedes Mal, wenn du etwas aus eurem harmonischen Zusammenleben preisgabst, errötetest du leicht und schautest verlegen zu mir herüber, als ob es dir peinlich sein müsste. Musste es nicht! Ich hatte keine Erwartungen. Gefühle ja. Erwartungen nein. Zumindest nicht an dich.
Worüber sprechen sie jetzt im Quiz?»Umgerechnet hätte ein einfacher Arbeiter zu seiner Zeit über 300 Jahre arbeiten müssen, um das Geld zu verdienen, welches sein Vater in ihn und seine Ausbildung investierte. Dieser Vater, promovierter Jurist und Kaiserlicher Rat, der ein stattliches Vermögen geerbt und zudem eines der wohlhabendsten Mädchen der Stadt geehelicht hatte, besaß eine ausgezeichnete Bildung, die er am »Koburger Gymnasium«, einer der ersten Lehranstalten jener Zeit, erworben hatte. Er war eine in sich gekehrte, unzugängliche Natur. Da er den Lehrern nicht traute, nahm er die Erziehung seiner zwei überlebenden Kinder fast ausschließlich in die eigenen Hände. So lernte der Gesuchte bereits als Knabe neben den klassischen Sprachen Englisch, aufgrund der Vorliebe des Vaters für Italien Italienisch und zeitgegeben Französisch, welches er auch in der Praxis anwenden konnte, als französische Soldaten vorübergehend im Elternhaus einquartiert waren. Daneben lernte er Gesang, Flöte spielen, ansprechend Zeichnen und interessierte sich wie sein Vater intensiv für die Malerei, wobei dieser zeitgenössischen Künstlern zugetan war, in die er investierte. Wie die Rheinweine, so sein Credo, würden auch sie mit den Jahren immer wertvoller werden. Die musikalische Ausbildung blieb in den Kinderschuhen stecken, was der Gesuchte später sehr bedauerte. Erwähnenswert sind die Wesenszüge des Vaters, Dinge zu Ende zu bringen, selbst wenn sich deren Sinn mittlerweile überholt hatte, möglichst zwei Fliegen mit einer Klappe zu schlagen, weshalb er bei den Hausangestellten auf min-

destens zwei Befähigungen Wert legte, und eine akribisch effektive Zeitnutzung, die auch den Filius zeitlebens auszeichnen sollte.

Die Mutter, wesentlich jünger als der Vater, eine ausgesprochen weltoffene Frohnatur mit dem Herzen auf dem rechten Fleck, liebte die Menschen und verfolgte, nach den Worten des Sohnes, eine von Selbstkontrolle nicht viel wissen wollende Philosophie des heiteren Lebens. Sie fabulierte gern und ausgiebig in Gesellschaft, wobei sie sich einer recht derben Ausdrucksweise bediente. Aufgrund ihrer mitfühlenden und hilfsbereiten Art nannte man sie »Frau Aja«. »Sowie ich in einen Zirkel komme, wird alles heiter und froh, weil ich erzähle.« Sie liebte ihren Vorlesezirkel, das Theater, das Kartenspiel und vor allem ihren Schnupftabak dermaßen, dass sie, als sie ihm eine Zeit lang entsagen musste, vorübergehend recht unausstehlich wurde. In Briefen sprach sie von sich selbst häufig in der dritten Person als von der »Frau Rat«. Sie hatte sechs Kindern das Leben geschenkt, von denen nur zwei die Kindheit überlebten. Als sie, ihr nahendes Ende fühlend, wenige Stunden vor ihrem Ableben noch eine Einladung erhielt, lehnte sie diese mit den Worten ab, die Frau Rat ließe sich entschuldigen, es sei ihr nicht möglich zu kommen, da sie allweil sterben müsse. Der Sohn fasste seine Erbanlagen und Ziele später so zusammen: ›Vom Vater hab' ich die Statur, Des Lebens ernstes Führen, Vom Mütterchen die Frohnatur Und Lust, zu fabulieren.‹ Und weiter: ›Mich selbst, ganz wie ich da bin, auszubilden, das war dunkel von Jugend auf mein Wunsch und meine Absicht.«

Der Einsatz der Mittel für den Sohn hat sich gelohnt, wie sein späteres Leben zeigen sollte. In mich haben meine Eltern nicht großartig investiert, so gewöhnte ich mich beizeiten daran, mir meine Mittel selbst zu besorgen. Als Kind sammelte ich im Herbst bei den Bauern Kartoffeln, als Jugendlicher arbeitete ich auf dem Bau und während meines Studiums lange Jahre nebenher in einer Studentendiscothek. All dies hat mir auch nicht groß geschadet, abgesehen von den leichten Rückenproblemen, die ich aufgrund der schweren körperlichen Arbeit auf dem Bau bekam. Dank des Discojobs war ich drei Nächte in der Woche in der Szene, genau in dem angesagtesten Treffpunkt der Stadt. Nebenbei erhielt ich meine Getränke frei, verdiente relativ viel Geld, welches ich auszugeben nur wenig Zeit fand, da mir drei durchgemachte Nächte pro Woche vollkommen reichten, zumal ich sie häufig aufgrund der mitgehenden Mädchen auch noch bis in die Morgenstunden ausdehnte. Die nach Abzug des notwendigen Schlafs dann nur noch spärlich verbliebene Zeit benötigte ich dringend für meine Studien. Nur sonntags leistete ich es mir, entweder in Erlangen zum Böhmen in die Dreikönigstraße oder in Uttenreuth zum Griechen bei der Kirche zum Essen zu gehen. Das musste sein.

Dieses kleine verschlafene mittelfränkische Örtchen Uttenreuth, in dem ich einige Jahre lebte, wurde einst von der Geschichte gestreift, als sich Wiedertäufer in der damaligen Dorfkirche niederließen und dem Laster so außerordentlich und intensiv frönten, dass ortsansässige sittenstrenge Bürger das nackte Grauen erfasste. Als es den rechtschaffenen Bürgern zu viel wurde, machte man hier, wie auch in anderen Orten mit starker Wiedertäuferbewegung, mit diesen maßlosen Zeitgenossen kurzen Prozess und stellte anschließend ihre geschundenen Leichen zur Abschreckung öffentlich zur Schau. Daran musste ich immer denken, wenn wir sonntags gemütlich im Schatten der jetzigen Kirche im Garten des Lokals unser Stifado, Lammkotelett, Mousaka oder einfach nur Giros aßen und zur Kirche hinüberschauten. Dabei tranken wir traditionell einen eisgekühlten Ouzo vor dem Essen und einen danach. Unverrückbare Orte erleben wechselndes Personal und Geschehen.

Trockau hatte sich zu Zeiten der Teilung Deutschlands für viele Westberliner als erste Anlaufstelle nach der Grenze herauskristallisiert. Keine schlechte Wahl, liegt dort doch die Fränkische Schweiz und das bezaubernde Wiesenttal direkt vor der Haustür. Auch für mich und einige Studienkollegen war Pottenstein mit seiner Tropfsteinhöhle eines der ersten Ausflugsziele, gleich nach den Schänken mit dem kräftigen selbstgebrauten Bier, die wir als Erstes ausfindig gemacht hatten. Gößweinstein mit seiner Basilika, ein alter und begehrter Wallfahrtsort, war zu meinem Erstaunen im 17. und 18. Jahrhundert dermaßen überrannt, dass die Pilgermassen mitunter den Taufstein in der Kirche umstießen und die Geistlichen bei der Austeilung der Kommunion fliehen mussten, um nicht von den zahllosen Gläubigen erdrückt zu werden. Für mich bleibt dieser Ort für immer mit meiner ersten fränkischen Vermieterin in Neuses verbunden, die nur von »Gössawastaa« sprach, als wir ins Plaudern gerieten. Es dauerte eine geraume Zeit, bis ich endlich begriff, dass wir zwei uns über Gößweinstein unterhielten. Als sprachlich sehr problematisch stellte sich auch die Ausfüllung unseres Mietvertrages heraus. »Das heißt doch hier Dinkelweg, nicht wahr?« »Jojo, Tinkelweg!« »Äh, Dinkelweg?« »Jojo, Tinkelweg« »Dinkelweg oder Tinkelweg?« »Tinkelweg!« »Also mit T wie Theodor?« »Na, so ned! Mit T wie Tora!« »D wie Dora, verstehe ich das recht?« »Freili, T wie Tora!« »Verstanden!« In den Mietvertrag schrieb ich Dinkelweg mit D wie Dora. Zu jener Zeit wusste ich zwar noch nichts von den Problemen der Franken mit d und t, b und p und deren genereller Weigerung, beim Sprechen überhaupt den Mund zu öffnen, ging aber intuitiv richtig mit den Informationen um. Im Laufe der Jahrzehnte habe ich mich dann an die Vokalrundun-

gen und Endabschleifungen gewöhnt. »Freili! Passt scho! Werkli! Des is fei schee!«
Etwas tiefer in der Fränkischen Schweiz, in Kirchehrenbach, liegt Julias Sohn in Sichtweite zum Walberla begraben. Obwohl Mediziner zur Familie zählen und auf mein Drängen hin ein Hausarzt zur Visite kam, der aber nur eine in Umlauf befindliche Magen- und Darmgrippe diagnostizierte, starb er mit fünfzehn Jahren an einem nicht erkannten Darmverschluss. Unverständlich. Nicht nur für mich. Endlose Schreckensstunden waren das in jener Unglücksnacht, die wir wachend und betend mit dem Pastor verbrachten, nachdem der Sohn mit dem Rettungswagen und Blaulicht in die Erlanger Klinik gefahren worden war. Das nicht Denkbare lastete auf uns, wurde aber von keinem von uns ausgesprochen. Unsere Gebete gaben Hoffnung und Zuversicht, boten den Strohhalm, an den wir uns über Stunden hinweg verzweifelt klammerten. Dann im ersten Morgengrauen der so sehnsüchtig erwartete wie gefürchtete Anruf der Klinik. Die zunächst unverstandene Frage, ob wir das Kind noch einmal sehen wollten. Danach ihr Zusammenbruch. Die tränenüberströmte gemeinsame Fahrt in die Klinik. Das ruckartige Zurückschlagen des weißen Lakens. Das vertraut lächelnde Kindergesicht mit dem befremdlich unvertraut fahlen Teint. Ihr vergeblicher Versuch, mit ihm zu sprechen, von ihm Antworten auf ihre mütterlich besorgten Fragen zu erhalten. Ihr erschockenes Zurückziehen, als sie seine bereits erkaltete Hand berührte.

Seither zucke ich jedes Mal ängstlich zusammen, wenn früh morgens bei mir das Telefon klingelt. Solch ein Schreckenserlebnis bleibt einem ein Leben lang erhalten. Man kann es kurzzeitig verdrängen, dann kehrt es aber wieder zurück. Was gibt es Schlimmeres im Leben einer Mutter, als ihr geliebtes Kind zu verlieren? Bewundernswert, wie stark sie, zumindest nach außen hin, diese unsagbare Last ertrug. Manchmal glaubte ich, wenn ich überraschend früher nach Hause kam, eine heimlich geweinte Träne bei ihr zu entdecken, die sie dann schnell im Wegdrehen fortwischte, um mich wie gewohnt mit einem freudigen Lächeln zu empfangen. Ich möchte jetzt aber nicht über den Tod nachdenken, nicht in dieser bedrohlichen Situation und meiner gedrückten Stimmung. »Memento mori! gibts genug, Mag sie nicht hererzählen; Warum sollt ich im Lebensflug Dich mit der Grenze quälen!« Trockau ist vorüber. So und so.

In einer knappen Viertelstunde müsste ich Bayreuth erreichen, die weltberühmte Wagnerstadt. Ich frage mich immer, warum eigentlich ausgerechnet Geisteskranke wie Ludwig II. von Bayern und Adolf Hitler von Wagners Musik so fasziniert waren? Ist es die Mischung aus Dynamik und Harmonie? An der Uni hatten wir einen leicht der Realität enthobenen Professor in Mittelhochdeutsch, der regelmäßig einen Packen Wagnerpartituren mit ins Seminar schleppte, weltentrückt sein nicht vorhandenes stummes Orchester dirigierte, sich eins mit dem Genius wusste und darüber mitunter völlig den Unterricht vergaß. Daneben stritt er sich wochenlang leidenschaftlich mit einem Altphilologen, weil dieser ihm nicht zutraute, »Il nome della rosa« von Umberto Ecco auf der Zugfahrt von Erlangen nach Rom komplett im italienischen Original gelesen zu haben. Intellektuelle Eitelkeiten. Mit ihr war ich häufig in Opern. Die erste Oper, die wir gemeinsam besuchten, war »Graf Mirabeau« von Siegfried Matthus, in einer sehr beeindruckenden Inszenierung von Götz Fischer am damaligen Stadttheater Nürnberg, heute dank Edmund Stoiber und Hans-Peter Schmidt das »Staatstheater Nürnberg«. Meine erste Oper überhaupt, »Der fliegende Holländer«, sah ich im Rahmen eines theaterwissenschaftlichen Seminars ebenfalls in Nürnberg, da es in meiner Heimatstadt kein Opernhaus gab. Die Ouvertüre zu Rossinis komischer Oper »Der Barbier von Sevilla« empfand ich für mich überraschend als ebenso locker und flockig wie die Musik von Supertramp. Es machte mir Freude, vom Rang aus in den Orchestergraben zu schauen und die einzelnen Musiker zu beobachten, wie ich überhaupt viel Spaß im Nürnberger Opernhaus erlebte, weshalb ich wiederholt aufgefordert wurde, nicht weiter mitzusingen.

Mit dir, Fee, konnte ich nicht ausgehen, schließlich wolltest du deine Ehe nicht unnötig gefährden. Wir waren nicht füreinander bestimmt, wenngleich wir uns anzogen wie gegenpolige Magneten. Der Wunsch, einander näher zu kommen, war auf beiden Seiten nur schwer zu unterdrücken. Wir tauschten unsere Email Adressen aus und mailten uns belanglose Nettigkeiten mit verdeckten Liebesbezeigungen. Während du meine Mails unmittelbar nach dem Durchlesen aus Sicherheitsgründen löschtest, bewahrte ich die Meinen auf und las sie mehrfach, hoffend, zwischen den Zeilen weitere Gunstbeweise zu entdecken. An einem herrlichen Frühlingstag gingen wir nach dem Kurs auf die Wöhrderwiese, um gemeinsam die angenehm wärmende Sonne zu genießen. War es dein Vorschlag? Der Meinige? Ich weiß es wirklich nicht mehr. Wir schlenderten gemeinsam vom Gewerbemuseum aus am Cinecitta vorbei zur Pegnitz, rechts unter dem Ring hindurch und noch ein Stück am Fluss entlang auf der Suche nach einem buschigen, verborgenen Plätzchen. Nachdem wir keines fanden, legten wir uns leicht verunsichert mitten auf die Wiese, wo außer uns noch viele Sonnenhungrige lagen, spazieren gingen oder Ball spielten.

Ängstlich wie ein Rehkitz auf der Lichtung schautest du dich wiederholt um. Am liebsten wärest du gegangen, weil du befürchtetest, von irgendjemandem erkannt zu werden. Aber du konntest nicht gehen. Zu drängend war dein aufgestautes Begehren, mir auch körperlich nahe zu sein. Auch ich wäre gern gegangen, um einer sündigen Entwicklung Einhalt zu gebieten, die vorausschauend nur im Leid für mich enden konnte. Von dir begeistert zu sein war fast zwingend, aber was wolltest du von mir? Ich war nicht mehr der Jüngste, auch nicht mehr der Mann, nach dem sich die Frauen umdrehten, wie es früher gelegentlich geschah. Du warst deutlich jünger als ich, sehr attraktiv und führtest ein augenscheinlich angenehmes und ausgefülltes Eheleben. War ich nicht ein Tor? Betrog ich mich nicht selbst? Bei einem für dich rein sexuellen Abenteuer würde ich mich missbraucht fühlen, bei einem Liebesverhältnis wären die Folgen noch fataler, weil es beiderseits kein Happy End für uns geben konnte. Du hättest deinen Mann, deine Familie und deinen sozialen Status niemals meinetwegen aufgegeben, ich nicht mein gewolltes Alleinsein. Das war mir klar. Es hätte auch keinen Sinn ergeben.

Da lagen wir nun beisammen im bereits sommerlich duftenden Gras. Zwei normal vernunftbegabte erwachsene Menschen reiferen Alters, verlegen wie zwei Jugendliche, die, erstmals mit dem anderen Geschlecht in direkten körperlichen Kontakt tretend, nicht wussten, wie sie sich verhalten sollten. Wir tauschten eine Weile inhaltsleere Sprechblasen, drängten zueinander, erschraken bei der kleinsten Berührung voreinander, als ob uns ein Stromschlag getroffen hätte. Du, weil du Augenzeugen befürchtetest, ich, weil ich ahnte, mich hoffnungslos in dich zu verlieben, sofern dies nicht bereits geschehen war. In dich, die ich nicht haben konnte. Aber der Wunsch, sich endlich zu vereinen, war auf beiden Seiten zu mächtig. Ungeachtet unserer jeweiligen Ängste lagen wir uns plötzlich in den Armen und küssten uns lange und verzehrend. »El mundo nace cuando dos se besan« hatten wir an dem Morgen von Octavio Paz gelesen. Wir gebaren mit unseren Küssen eine todsündige Welt, was auf Dauer nicht folgenlos bleiben konnte.

Urplötzlich schobst du mich abrupt von dir fort, blicktest erneut furchtsam um dich und sagtest mit verärgertem Gesichtsausdruck:»Was machen wir hier eigentlich? Ich bin verheiratet! Willst du meine Ehe gefährden? Ich gehe jetzt! Sofort!« Du gingst nicht. Ebenso wenig wie ich. Sünde magnetisiert, fesselt. Wieder und wieder fielen wir übereinander her, verstießen einander, um uns im nächsten Augenblick abermals leidenschaftlich ineinander zu verschlingen.»Öffne deine Schenkel!«»Warum?«»Ich möchte dein Verlangen ganz nahe spüren!«»Spinnst du?« Nach kurzem Zögern lehntest du dich dann doch zaghaft zurück, stütztest dich auf deine angewinkelten Arme und spreiztest deine langen Beine, um mich zu empfangen. Ich kuschelte mich dazwischen und legte meinen Kopf direkt auf deine Scham. Du warst deutlich erregt, dein Verlangen nicht vorgespielt. Mit leichtem Stöhnen hobst und drücktest du mir dein Becken entgegen, während ich dir verbal ausmalte, was ich in diesem Moment gern alles mit dir gemacht hätte. Dein Atem wurde heftiger, stoßartig, die Scham feuchter. Dann drängtest du mich zurück, richtetest dich auf und blicktest wieder ängstlich um dich.»Was soll das? Was machen wir hier? Weißt du eigentlich, dass jeden Moment ein Bekannter vorbeikommen und mich verraten könnte?«»Dann lass uns aufhören. Ich möchte dich nicht in Schwierigkeiten bringen.«

Kaum hatte ich zu Ende gesprochen, warfst du dich erneut auf mich. Du küsstest mich und presstest deinen Unterleib ganz fest an den Meinen, riebst deine feuchte Scham erregt an meiner Erektion. Ich hätte es am liebsten an Ort und Stelle mit dir getrieben, spontan und wild. Ein Restfunke an Verstand hielt uns glücklicherweise davon ab. Jetzt war offensichtlich, was ich unbedingt vermeiden wollte: Ich hatte mich verliebt. Verliebt in eine Frau, die zu einem anderen Mann gehörte, in eine Frau, die niemals mein sein würde. Schwebend vor Glück im Augenblick, vorahnend den unausweichlich tödlichen Absturz vor Augen, gleich dem der Sonne zu nahe kommenden Ikarus. Sahst du nicht, fühltest du nicht, wie du mir ein Gift bereitetest und ich den Becher mit voller Wollust ausschlürfte, den du mir zu meinem Verderben reichtest? Trotzdem wollte ich es. Ich war bereit, mich für eine begrenzte Zeit des Glücks zu versündigen und eine unbegrenzte Zeit und Tiefe des Leids auf mich zu laden. Das Leben geht seinen Weg. »Sagt es niemand, nur den Weisen, Weil die Menge gleich verhöhnet: Das Lebendge will ich preisen, das nach Flammentod sich sehnet.« Ach ja, das Quiz, jetzt habe ich gar nicht mitbekommen, was sie erzählt haben. Dabei dachte ich, es hält mich von diesem niederdrückenden Grübeln ab, beschäftigt mich und muntert mich auf.

Mit Julia hatte es sanfter, fast ängstlich begonnen. Wenngleich sie eine wunderschöne, erotische Frau und eine außergewöhnliche Persönlichkeit war, hegte ich nie die Absicht, sie zu erobern. Ich wäre nicht einmal auf den abstrusen Gedanken gekommen, sie könne sich auch nur im Geringsten für mich interessieren. Unser zweites nachhaltiges Zusammentreffen hatten wir in unserem Sendestudio auf einer Verbrauchermesse, als ich sie interviewte. Es war ein außergewöhnliches, frisches und informatives Interview. Sie war von meinen treffenden Fragen angetan, ich von ihren spontanen und begeistert vorgetragenen Antworten. Unsere anschließende Verabschiedung verlief einen ungewollten Hauch intensiver als üblich. Unsere Blicke verhakten sich für einen kurzen unendlichen Moment fest ineinander, fielen jäh erschrocken und verschämt voneinander ab und suchten hinfort einander zu meiden. Kurze Zeit nach der Messe, zum Abschluss eines weiteren

Geschäftstermins, lud sie mich auf einen Polizeiball ein, für den sie zwei Freikarten besaß. Der Abend war eine einzige Katastrophe. Wir beherrschten beide keine Standardtänze, stolperten unbeholfen über die Tanzfläche, und ich bekam aufgrund meines allgemein schlechten körperlichen Zustands bei der kleinsten Anstrengung peinliche Schweißausbrüche. Ich schämte mich in Grund und Boden und dachte, sie würde nach dieser Blamage keinen weiteren Kontakt mehr zu mir suchen. Der einzige Lichtblick des Abends war, dass wir uns in den Tanzpausen sehr angeregt und ausgiebig unterhalten hatten.

Zwei Tage später erhielt ich eine Karte von ihr, auf der sie sich bei mir für den netten Abend bedankte. Gesellschaftliche Floskel, dachte ich, wollte mich aber als Mann mit Kinderstube präsentieren und bot ihr nun meinerseits an, mich auf ein Klavierkonzert in die Ruine des Katharinen Klosters zu begleiten, für das wiederum ich Freikarten besaß. Erstaunlicherweise nahm sie die Einladung an. Dieser Abend verlief nicht so peinlich wie der Ball, sondern sehr harmonisch. Nach dem Konzert gingen wir noch auf ein Glas Wein, bei dem wir so lange im »Schuldturm« am Pegnitzufer auf der Insel Schütt verweilten, heute »Bar Celona«, bis der Wirt uns zu gehen bat, da er schließen musste. In den darauf folgenden Tagen spürte ich, wie gut mir ihre Nähe und unsere Gespräche getan hatten, wie sie mir Kraft gaben, den weiterhin tristen Alltag besser zu bestehen. Da auch ihr unser Zusammensein offensichtlich gut getan hatte, beschlossen wir, diese Treffen bei passender Gelegenheit zu wiederholen. So glichen wir über den Zeitraum eines Jahres wiederholt unsere Terminkalender miteinander ab und fanden jeweils einmal im Monat am Donnerstag einen Abend, an dem wir beide gleichzeitig frei hatten. Dann gingen wir ins Theater, auf ein Konzert oder ins Kino. Einmal lud sie mich zu sich nach Hause ein.

Von meiner Sekretärin ließ ich einen Blumenstrauß für sie besorgen, der aber für mein Gefühl so überdimensioniert ausfiel, dass ich glaubte, mich bei der Überreichung an der Tür für seine Größe entschuldigen zu müssen, um nicht als Angeber dazustehen. Sie lachte herzhaft und bat mich auf die Terrasse, wo wir einen netten Abend miteinander verbrachten. Bei der Gelegenheit lernte ich auch ihren zwölfjährigen Sohn aus ihrer Ehe mit ihrem sieben Jahre zuvor verstorbenen Ehemann kennen.
Gut fünfzig Minuten bin ich jetzt unterwegs. Hinweis: Berlin 354 km. Das wird eng. Leicht dämmernd ist es nur noch eine Frage der Zeit, bis das erste Wetterleuchten am Firmament erscheint und die ersten Regentropfen hernieder fallen. Bis dahin bin ich für jeden regenfreien Kilometer dankbar. In gut zehn bis fünfzehn Minuten, bei Münchberg, werde ich ein Viertel der Strecke geschafft haben. Allmählich lichtet sich die Autobahn durch das Abebben des Berufsverkehrs. Rechts reihen sich die Lastwagen in ihrem immerwährenden Trott. Die Menschen daheim in ihren Häusern und Wohnungen werden jetzt vermutlich überwiegend vorm Fernseher hocken und einen Film oder eine Unterhaltungsshow ansehen. Warum grübele ich auf dieser Fahrt so sehr? Ich sollte lieber beim Quiz zuhören. »Ein Zitat: ›Meine Kollegia besuchte ich anfangs emsig und treulich. Die Philosophie wollte mich jedoch keineswegs aufklären. Von der Welt, von den Dingen, von Gott glaubte ich ungefähr so viel zu wissen, als der Lehrer selbst. Und es schien mir an mehr als einer Stelle gewaltig zu hapern.« Lustig, so erging es auch mir im Studium. Nicht, dass ich mich inhaltlich überlegen gefühlt hätte, Gott bewahre, davon war ich meilenweit entfernt. Dass es hingegen nicht nur an einer Stelle gewaltig haperte, merkte ich spätestens, als ich eine Studienberatung bei einem Dozenten suchte, der statt einer Krawatte immer so lustige Bommel trug,

was ihn etwas tuntig erscheinen ließ.»Wissen Sie was, genießen Sie ihr Studium. Das Examen am Schluss ist wieder eine ganz andere Welt.«Seitdem war die Cafeteria in der Kochstraße Dreh- und Angelpunkt meiner studentischen Bemühungen um Informationsbeschaffung und Kontaktknüpfung, die Seminar- und Vorlesungsräume nur Pflichtbesuchen vorbehalten, um die zwingend erforderlichen Scheine zu erwerben. Mal hören, wie es weitergeht.

»Der Gesuchte haderte nicht nur mit der Lehre der Universität, sondern auch mit den Lehrenden: ›Professoren, so gut wie andere in Ämtern angestellte Männer, können nicht alle von einem Alter sein; da aber die jüngeren eigentlich nur lehren, um zu lernen, und noch dazu, wenn sie gute Köpfe sind, dem Zeitalter voreilen, so erwerben sie ihre Bildung durchaus auf Unkosten der Zuhörer, weil diese nicht in dem unterrichtet werden, was sie eigentlich brauchen, sondern in dem was der Lehrer für sich zu bearbeiten nötig findet. Unter den älteren Professoren dagegen sind manche schon lange Zeit stationär: sie überliefern im ganzen nur fixe Ansichten, und, was das einzelne betrifft, vieles, was die Zeit schon als unnütz und falsch verurteilt hat.« Diese Erfahrung teile ich nicht, fühlte mich aber, wenn ich jetzt so darüber nachdenke, überwiegend zu den älteren Professoren hingezogen, ohne dies begründen zu können. Besonders Prof. Kluxen hatte es mir angetan, hielt er doch seine für mich unumgängliche Geschichtsvorlesung zum Thema England zu einer für Studenten geradezu aberwitzig frühen Morgenstunde, um 7.30 Uhr s.t. Die meiste Zeit, glaube ich, habe ich ihn nur mit halbem Ohr gehört, gesehen vermutlich kaum.

Die Situation mit dir, Fee, sah ich dem gegenüber mit klarem Verstand. Wir würden uns eine Weile lieben, uns näher kommen, vertrauter werden. Menschliche Nähe würde an Bedeutung gewinnen, die reine Sexualität sich dahinter einordnen. Irgendwann würdest du das Doppelleben, die unausweichlich notwendigen Lügen und emotionalen Irrungen nicht mehr ertragen wollen, die Lust an unseren Treffen verlieren, die Beziehung beenden und ins gemachte heimische Nest zurückkehren. Fraglich blieb nur der Zeitpunkt und das Ausmaß des Schmerzes, dem ich dann ausgesetzt sein würde.»Und an diesem Zauberfädchen, Das sich nicht zerreißen läßt, Hält das liebe, lose Mädchen Mich so wider Willen fest; Muß in ihrem Zauberkreise, Leben nun auf ihre Weise. Die Verändrung, ach, wie groß! Liebe! Liebe! laß mich los!« Schade, dass ich nicht das ganze Gedicht gehört habe. Der Schluss legt nahe, dass es mir etwas hätte geben können.

Nach unserem mich durch und durch aufwühlendem Beisammensein auf der Wöhrderwiese schrieb ich dir brüsk:»Ich möchte dich lecken, bis du vor unstillbarer Geilheit laut und ungehemmt aufschreist, mit Macht in deinen ausfließenden See stechen, um dich dann im Wellenschlag der brandenden Wogen nach Luft ringend untergehen zu sehen!« Vergleichbares hatte ich noch nie zu einer Frau gesagt, geschweige denn, ihr geschrieben. Ich wollte dich schockieren, abschrecken, dich von dem Sockel stoßen, auf den ich dich eigenhändig gehoben hatte. Vor allem wollte ich diese vorhersehbar unselige Schussfahrt ins Unglück beenden, bevor ich am nächsten Fels zerschellen würde. Zu schwach und bereits zu verliebt, mich einfach von dir abzuwenden, wählte ich die Art der edlen Pferderasse, die, wenn sie schrecklich erhitzt und aufgejagt ist, sich selbst aus Instinkt eine Ader aufbeißt, um sich zu Atem zu verhelfen. Deine Reaktion war völlig anders, als von mir erwartet, aber wer versteht schon die Wege der Liebe? Ich höre lieber wieder in das Quiz hinein.

»Der Gesuchte sagte rückblickend im hohen Alter: ›Sie war in der Tat die erste, die ich tief und wahrhaft liebte.‹

Diese erste wirklich große Liebe scheiterte, weil er mit ihrem gesellschaftlichen Umfeld nicht harmonierte, von dem sie sich aber nicht trennen wollte. Zuerst floh er, dann kehrte er zurück und löste schweren Herzens die Verlobung mit ihr auf. Ein ihr Umfeld betreffendes Gedicht endet: ›Genug, ich bin reich, Und drum scheiß ich auf euch!‹ Es sollte nicht seine einzige Liebesenttäuschung im Leben bleiben. Die letzte ereilte ihn als Greis, als er sich unglücklich und verschmäht in eine blutjunge Frau verliebte. Über die erste Liebe schrieb dieser Dichter der Liebe in späteren Jahren: ›Die erste Liebe, sagt man mit Recht, sei die einzige: denn in der zweiten und durch die zweite geht schon der höchste Sinn der Liebe verloren. Der Begriff des Ewigen und Unendlichen, der sie eigentlich hebt und trägt, ist zerstört, sie erscheint vergänglich wie alles Wiederkehrende.« Ach ja, die Lili. An wessen Beginn des Liebeslebens findet sie sich nicht und begleitet einen danach ungewollt durch das ganze Leben? Aber gab es bei ihm nicht vorher eine, eine die ihn verließ? Darüber sprechen Männer nicht so gern, auch er nicht, wie es scheint.

Nach dem Sophienberg geht es jetzt talwärts Richtung Bayreuth. 81 Kilometer bin ich gefahren. Bei starken Regenfällen werde ich die Geschwindigkeit auf 80, vielleicht sogar auf 60 Kilometer die Stunde reduzieren müssen. Staus und Unfälle sind möglich. Ich sollte meine Zielsetzung ändern, mich nicht unnütz zusätzlich unter Druck setzen. Am Horizont meine ich das erste ferne Wetterleuchten bemerkt zu haben. Ich könnte schnell durchrufen und Bescheid geben, dass es voraussichtlich später wird. Wo habe ich nur mein Handy? Normalerweise lege ich es immer griffbereit auf die Mittelkonsole. Verflixt! Ich werde es auf dem Tisch liegen lassen haben, als ich so Hals über Kopf aufbrach. Was mache ich jetzt? Von einer Raststätte aus anrufen ist unmöglich, da ich ihre Nummer nicht auswendig kenne und vor Ort meist keine Telefonbücher mehr ausliegen. Andererseits werden sie bei diesem Unwetter wohl schon damit rechnen, dass ich später komme, falls sie nach unserem unerfreulichen Gespräch überhaupt mit mir rechnen.

Gleich nach dem Bindlacher Berg breitet sich ein weites Tal mit Bad Berneck, in dem die B 303 rechts in Richtung Wunsiedel im Fichtelgebirge abzweigt. Diese Strecke ist mir vertraut, da ich mit Julia jeden Sommer mindestens zwei Vorstellungen bei den Luisenburg-Festspielen besuchte. Die dortige Naturbühne entwickelt ihren besonderen Charme, wenn sich im Laufe der Veranstaltung aufgrund der hereinbrechenden Nacht die Lichtverhältnisse verändern, die Landschaft allmählich in den Hintergrund tritt und die Bühnenbeleuchtung stärker zur Geltung kommt. Dauergäste erkennt man an den mitgebrachten Decken, in die man sich sorgsam wickelt, wenn die unvermeidliche abendliche Kühle sich zuerst unaufhaltsam im Zuschauerraum ausbreitet und dann langsam an den Beinen heraufkriecht. Mir ist eine Inszenierung des »Brandner Kasper« aus dem Jahre 1998 in Erinnerung. Unvergesslich die Szene, als der Brandner und der Tod um die Lebenszeit des Brandners karteln, dieser den Tod mit reichlich »Kerschwasser« betrunken macht, ihn betrügt und ihm so weitere sechzehn Lebensjahre abgaunert, obwohl seine Lebenszeit eigentlich bereits abgelaufen war. Als der Tod das zweite Mal kommt, ist der Brandner trotz einiger herber Schicksalsschläge wiederum störrisch, lässt sich aber überreden, nur mal zum Schauen mitzugehen. Im Paradies ist er dann von dessen Herrlichkeit überwältigt, sieht Frau und Kinder wieder und bleibt freiwillig. Mag sein, dass es wirklich besser ist, beizeiten abzutreten. Wader singt sogar: »Aber dafür bestimme ich den Tag, an dem ich sterben will. Wenn ich dann frage: Kommst du mit? dann glaub' ich nicht, dass du erschrickst. Im Grunde geht dies Leben dich so wenig an wie mich!« Freiwillig gehen? Für einen Katholiken unmöglich!

Gleich 20.30 Uhr. Eine Stunde bin ich bereits unterwegs. Ein Viertel der veranschlagten Zeit ist verbraucht, 95 Kilometer sind gefahren. Hinweis: Berlin 337 km. Es könnte reichen, vorausgesetzt, das Wetter und die allgemeine Verkehrslage lassen es zu. Mir scheint, im Quiz sprechen sie jetzt über das Reisen früher.»Der von uns Gesuchte reiste sehr gern, viel und wiederholt inkognito, um sich nicht vor Ort die Sicht zu verstellen auf die tatsächlichen Verhältnisse. Er unternahm Bildungs-, Entdeckungs-, Forschungs-, Bade- und Erholungsreisen, mitunter war er auch in offiziellem Auftrag unterwegs. Im Laufe seines langen Lebens legte er auf 180 größeren und kleineren Reisen zu Pferd, im Wagen und zu Fuß insgesamt die für die damalige Zeit beträchtliche Strecke von etwa vierzigtausend Kilometern zurück, fuhr also fast einmal um die Erde. Dafür verwendete er nahezu 14 Jahre seines Lebens. Die weiteste Strecke führte ihn im Westen nach Valmy, im Norden nach Berlin, im Osten nach Krakau und im Süden nach Agrigent.« Darum beneide ich ihn nicht, bei den damaligen Reisebedingungen. Was würde er wohl zu den heutigen rasanten und bequemen Transportmöglichkeiten sagen? Wie würde er sie nutzen? Mit Sicherheit würde er Griechenland besuchen, im Heiligen Land auf Jesus Spuren wandeln und öfter in Italien sein wollen, nehme ich zumindest an.

Reisen, zu jemandem hin, oder von jemandem fort. Mal Freud, mal Leid. Dies ist eine Reise von dir fort, nur vielleicht zu Julia hin. Ungewissheit. Wie konnte alles geschehen? Wie das Gute, so ist auch das Schlechte in uns angelegt. Auch in dir und mir, sonst hätten wir einander gemieden. Wir wussten, worauf alles hinauslaufen würde, welche Gefahren wir heraufbeschworen, welcher Schmerz mindestens einem von uns bevorstand. Trotzdem ließen wir nicht voneinander ab, waren uns menschlich und körperlich schon näher gekommen, als es deine Situation geboten hätte. Ich war mir sicher, nach meiner brüsken Mail von dir verstoßen zu sein und kämpfte mit mir, am darauffolgenden Mittwoch in den Kurs zu gehen. Ich entschied mich für Canossa, um die Abstrafung persönlich vor Ort zu erfahren, nicht irgendwann über eine Mail von dir. Du straftest mich aber nicht ab. Du zittertest vor Erregung am ganzen Körper, als wir uns gegenüberstanden. Möglich, du maltest dir gerade aus, wie ich dich nehmen würde. Deine Erregung und deine mich von oben bis unten musternden lüsternen Blicke erregten auch mich. Den ganzen Kurs über knisterte es zwischen uns. Wir wären am liebsten an Ort und Stelle übereinander hergefallen. Nicht aus Liebe, sondern an dem Tag aus purer, kaum zu unterdrückender körperlicher Lust. Nach der Unterrichtsstunde fragte ich dich, ob du mit zu mir kommen wolltest. Du verneintest, botst mir allerdings an, mich heimzufahren. Arg erstaunt entließt du mich bei der Nürnberger Versicherung aus deinem Auto und fuhrst heim. Nach anfänglich tiefer Enttäuschung war ich später froh darüber, traurig hingegen über die jetzt einsetzende längere Funkstille zwischen uns. Ich sollte mich mehr dem Quiz widmen.

»Über die Deutschen sagte der von uns Gesuchte: ›Ich habe oft einen bitteren Schmerz empfunden bei dem Gedanken an das deutsche Volk. Das so achtbar im Einzelnen und so miserabel im Ganzen ist. Eine Vergleichung des deutschen Volkes mit anderen Völkern erregt mir peinliche Gefühle, über welche ich auf jegliche Weise hinwegzukommen versuche.« Diese Aussage hätte ich eher einem anderen Dichter zugeordnet, als dem gesuchten, habe aber ähnlich gedacht, nachdem ich langsam begriff, welch unauslöschliche Schuld wir Deutschen auf uns geladen haben, als wir den Drahtziehern der Hitlerschen Machtübernahme nicht beizeiten das Handwerk legten, sondern seelenruhig zusahen, wie sie diesem erkennbar wahnsinnigen und späteren zigmillionenfachen Mörder die Mordinstrumente willig in die verderblichen Hände legten, begierig ihre eigenen Profite und Profilierungen verfolgend. Das ebenfalls bei Napoleon dahinter stehende Prinzip erkannte auch der gesuchte Dichter: »Die Hauptsache aber bestand darin, daß die Menschen gewiß waren, ihre Zwecke unter ihm zu erreichen. Deshalb fielen sie ihm zu, so wie sie es jedem tun, der ihnen eine ähnliche Gewissheit einflößt.« Nachdem die Funktion Diktator mit der Person Hitler installiert worden war, verweigerten sich ausgerechnet diejenigen zu lange, deren Aufgabe, ja Pflicht es gewesen wäre, ihn zu verhindern oder zu beseitigen, weil sie über die notwendigen Einsichten in seine Gräueltaten und die erforderlichen Mittel zu seiner Beseitigung verfügten. Sie handelten viel zu spät und halbherzig, wofür sie sich konträr dazu alljährlich am 20. Juli übergebührlich selbst feiern, während entschlossenere und frühzeitigere Widerstandskämpfer wie Georg Elser und viele Christen, Sozialdemokraten und Kommunisten noch heute oftmals verschmäht werden. Wer kennt schon Hermann Lange aus Leer?

Unsere Funkstille hielt an. In der Folgewoche konnte ich krankheitsbedingt nicht in den Kurs gehen. Später erzähltest du mir, du seist an diesem Tag zu mir gefahren und hättest kurz vor dem Haus gestanden. Dann hättest du Angst vor den Folgen bekommen und seist wieder fortgefahren. Auch in der darauffolgenden Woche konnte ich nicht in den Kurs gehen. Gegen Mittag riefst du mich überraschend an und fragtest, ob du zu einem Krankenbesuch bei mir vorbeischauen dürftest. Ich willigte ein. Äußerlich verhalten, innerlich zum Bersten erregt. Als du kamst, setzten wir uns auf das Sofa. Augenblicklich begann wieder dieses Anziehen und Abstoßen, nur wich es jetzt, da niemand uns entdecken und verraten konnte, rasch leidenschaftlichen Umarmungen und Küssen. Du griffst mir verlangend zwischen die Beine, öffnetest den Reißverschluss meiner Hose, setztest dich auf meinen Schoß und begannst einen wilden Ritt. Trotz deiner Ehe sogst du mich aus, als ob du seit Jahren keinen Mann mehr zwischen deinen Schenkeln gespürt hättest. Zu meiner Überraschung konnte ich nicht nur mithalten, sondern entwickelte eine ungewohnt gierige Standhaftigkeit und Ausdauer. Nach und nach entledigten wir uns unserer Kleidung und gingen alle uns bekannten Stellungen durch. Dabei stimulierten wir uns gegenseitig mit Worten, die vorher wohl keiner von uns beiden je einem anderen Partner gegenüber benutzt hatte. Wir verschnauften kurzzeitig, als uns die Kräfte zu schwinden drohten, beschlossen zu enden, konnten aber wie in Trance nicht voneinander lassen. Einer von uns beiden erneuerte nach kurzer Pause den Angriff, den der Andere sofort leidenschaftlich erwiderte. Erst nach Stunden ließen wir völlig erschöpft und tief befriedigt voneinander ab.

Eine solch hemmungslose Begierde hatte ich in meinen bisherigen Jahrzehnten zuvor noch nie erlebt. Objektiv betrachtet näher am Ende meines Sexuallebens stehend, machte ich nun subjektiv die Erfahrung, es mit dir erst richtig entdeckt zu haben. Als wir jetzt so völlig erschöpft nebeneinander lagen, betrachtete ich dich intensiv von Kopf bis Fuß. Es machte dir nichts aus, so genau gemustert zu werden, du schienst es sogar zu genießen. Völlig nackt und entspannt lagst du etwas breitbeinig auf dem Sofa und erlaubtest meinen Blick auf jeden markanten Punkt deiner herrlichen Weiblichkeit. Wie unglaublich schön du warst, nicht nur im Gesicht, wie jugendlich deine Ausstrahlung. Eine gertenschlanke Figur, kein Gramm Fett, kein Bauchansatz. Ein schmaler, langer Hals, feste, schön geformte mittelgroße Brüste mit einem ausgeprägten Warzenhof und noch immer erregt hervorstehenden harten Brustwarzen. Eine kurz rasierte Scham, ein straffer, runder Po, lange, schön geformte Beine. Fast schämte ich mich dafür, neben dir zu liegen. Wie konntest du bei mir so verlangend werden, wo ich erkennbar die besten Jahre bereits hinter mir gelassen hatte, eher über einen Waschbär- als über einen Waschbrettbauch verfügte? Warst du schlicht eine Nymphomanin? Ich einer von vielen? Oder war es eine Faszination, die auf anderen als auf äußeren Werten basierte, aber dieses unglaublich leidenschaftliche Feuerwerk der Sinne abzufackeln vermochte?

Schwerwiegender als diese rein körperliche Attraktivität, dieses maßlose und ungehemmte Begehren, war der emotionale Tsunami, der mich hinfort riss auf das wilde offene Meer der Gefühlsturbulenzen. Das wurde mir jetzt klar, als du so warm und weich neben mir lagst.

»Und zu den Füßen seiner Geliebten sitzend, wird er Hanf brechen, und er wird wünschen Hanf zu brechen, heute, morgen und übermorgen, ja sein ganzes Leben.« Im Gegensatz zu deiner ungezügelten aggressiven Lust warst du unglaublich rührend scheu, zart und zerbrechlich, dabei herzerfrischend offen, unkompliziert, schlagfertig und witzig. Ich hätte stundenlang völlig entspannt neben dir liegen, mich nur mit dir unterhalten oder einfach mit dir albern herumtollen können. Von der ersten Sekunde an hatten wir ein tiefes Vertrauensverhältnis zueinander, weshalb wir uns auch für nichts schämten, was wir vom jeweils anderen begehrten. Wir hätten eine starke Einheit werden können, aber du warst nicht mehr frei. Schlimmer noch. Du warst nicht einmal unglücklich verheiratet, was zumindest einen kleinen Hoffnungsschimmer für mich am Horizont belassen hätte, und wir handelten in Sünde.

Mit Julia war auch dieser Bereich ganz anders verlaufen. Trotz ihrer außergewöhnlichen und sinnlichen Faszination, die sie ausstrahlte, war ich weder in sie verliebt, noch begehrte ich sie sexuell. Ich wollte keine Beziehung, weder mit ihr, noch mit irgendeiner anderen Frau, achtete und schätzte sie aber von Anfang an als Mensch und Persönlichkeit. Sie war etwas ganz Besonderes. In ihrer Nähe fühlte ich mich wohl, ohne ihr körperlich zu nahe zu treten. Wir gingen sehr lange sehr formell miteinander um, siezten uns ein ganzes Jahr lang. Sie war so stark, aktiv, gradlinig und hilfreich belehrend. Ich hätte sie Lida nennen und in ihrem Schatten leben können. Nachdem wir fast ein Jahr einmal im Monat miteinander ausgegangen waren, bat sie mich kurz vor Weihnachten noch auf ein Glas Wein zu sich herein. Dabei verführte sie mich, was für beide Seiten ein wohl eher frustrierendes Erlebnis war. Ich hätte diesen Schritt von meiner Seite her auch nicht unternommen, weil ich nicht so weit war und verabschiedete mich an jenem Abend mit den Worten: »Ich bin impotent und muss alleine sein,« was meinem damaligen körperlichen und seelischen Zustand durchaus entsprach. Zu sehr hatte mich die vorherige Trennung aus der Bahn geworfen. Dennoch hielt sie an mir fest, versuchte, mich an sich zu binden. War es Mitleid mit einem offensichtlich arg Gebeutelten? Ärgerte es sie, dass da auf einmal ein Mann war, der sie nicht begehrte, ihr nicht nachstieg? Wiederholt lud sie mich ein, bat mich über Nacht zu bleiben, mehrere Tage zu bleiben. Ich blieb, brach aber urplötzlich wieder aus und verkroch mich tagelang in meiner Wohnung, lehnte jeden Kontakt ab. Dann zog ich mehr oder weniger zu ihr, verschwand aber nach einer gewissen Zeit wieder in meine Wohnung, flüchtete mich in eine Beziehung mit einer

Perserin. Sie suchte sie auf und bat sie erfolgreich, sich von mir zu trennen. Nach und nach holte sie mich ins Leben zurück, wobei ich ihr zahlreiche Wunden schlug. Nicht böswillig, aber schmerzhaft. Dennoch entwickelte sich trotz zahlreicher Rückschläge eine Gemeinschaft zwischen uns. Vertrauen erwuchs, und wir erarbeiteten eine Liebe, wie ich sie vorher nie erfahren durfte. Sie basierte nicht auf sexueller Begierde oder körperlicher Attraktivität, sondern auf tiefstem menschlichen Vertrauen. Ich liebte, achtete und bewunderte diesen Ausnahmemenschen, der nebenbei auch eine sehr schöne und erotische Frau war.»Ach, du warst in abgelebten Zeiten Meine Schwester oder meine Frau. Kanntest jeden Zug in meinem Wesen, Späthest, wie die reinste Nerve klingt, Konntest mich mit Einem Blicke lesen, Den so schwer ein sterblich Aug durchdringt; Tropfest Mäßigung dem heißen Blute, Richtetest den wilden irren Lauf, Und in deinen Engelsarmen ruhte Die zerstörte Brust sich wieder auf.« Haben die im Radio wirklich immer gerade den passenden Text in ihrem Quiz oder lässt mein Unterbewusstsein nur die Passagen zu, die sich gerade mit meinen Gedanken decken? Nachdem wir zwei auf langem steinigen Weg zueinandergefunden hatten, begannen die Probleme mit dem Sohn, der nun um seine Stellung bei der Mutter fürchtete, die ihre Zuneigung fortan teilen musste. Diese Spannungen zogen sich fast bis zu seinem viel zu frühen Tode hin. Kurz zuvor fanden aber auch wir zueinander. Dann der Schock. Wie oft war es mir im Leben bereits geschehen, dass ich mich nach anfänglicher Zurückhaltung auf eine Situation eingelassen hatte, mich gerade einrichten wollte, als sie auch schon wieder vorüber war. Gefühlsentwicklungen in mir benötigen mitunter mehr Zeit, als personelle Veränderungen in meinem Umfeld.

20.40 Uhr. Münchberg, das Tor zum nördlichen Fichtelgebirge und dem östlichen Frankenwald. Aufgrund der Tallage und plötzlicher Nebelbildungen ereigneten sich hier in der Münchberger Senke oftmals größere Auffahrunfälle, kurz nach der Wende einer der folgenreichsten mit insgesamt 121 beteiligten Fahrzeugen und 10 Toten. Ich weiß noch, wie in der Redaktion trotz der schlimmen Folgen über die Trabbis und die DDR-Fahrer gefrotzelt wurde, die den Unfall angeblich verursacht haben sollten. 2003 ereignete sich trotz der mittlerweile errichteten Talbrücke erneut ein Großunglück mit 182 Fahrzeugen, aber zum Glück ohne Tote. Heute haben wir zwar keinen Nebel, aber das Wetterleuchten kommt näher und gewinnt zusehends an Intensität. Gar nicht so weit entfernt schlägt das Unwetter also schon zu. Auch hier regt sich bereits ein leichter Wind, wie ich an den Blättern und dünnen Zweigen der Büsche und Bäume entlang der Autobahn erkenne.»Hohl über die Fläche sauset der Wind – was raschelt drüben am Hage?« Merkwürdig, was man sich aus der Kindheit merkt. Bald wird über mir das Unwetter ausbrechen, und ich habe noch nicht einmal die Hälfte der Strecke geschafft. Wird es so heftig, wie vorhergesagt? Dann müsste ich notfalls eine längere Pause einlegen und könnte voraussichtlich den Termin nicht mehr einhalten. Warum bin ich blöder Esel nicht früher gefahren? Ich hatte doch Zeit genug! Außerdem wäre ich deinem zusätzlich niederschmetternden Anruf entgangen und bräuchte mich jetzt gedanklich nur mit einer Hiobsbotschaft beschäftigen.»Sei ruhig, bleib ruhig mein Kind, in dürren Blättern säuselt der Wind.« Hinweis: Berlin 325 km. Wie lange hätte der Gesuchte ab hier bis Berlin noch gebraucht? Vier Tage vielleicht? Unterwegs war er sicherlich in der Regel in einer Kutsche, zu der Zeit in einer Berline, die vier bis sechs Passagieren Platz bot, oder in der von England und Frankreich kommenden Mail

Coach mit bis zu fünfzehn Plätzen, davon aber nur maximal sechs im Wageninneren. Die Reisegeschwindigkeit betrug anfangs zwei Kilometer pro Stunde, mit dem Ausbau der Straßen konnte sie auf zehn Kilometer pro Stunde erhöht werden. Mitunter legten die Kutschen an einem Tag über einhundert Kilometer zurück, waren also über 10 Stunden unterwegs, wobei man zu meiner Überraschung auch nachts fuhr. Angenommen, der Gesuchte wäre ausschließlich in der Kutsche auf guten Straßen gereist, so hätte er bei der vorher angegebenen Reisestrecke mindestens viertausend Stunden oder vierhundert Tage in ihr verbracht. Wie muss er sich nach solch einer Fahrt gefühlt haben? Walkmühle, Knochenknacker, Teufelsweg und Höllenpfad waren damals die eher gemäßigten Bezeichnungen für das Reisen in der Kutsche auf meist schlechten Wegen. Hinzu kommen die Witterungsverhältnisse, vor denen man sich seinerzeit nicht so gut schützen konnte wie heutzutage. Brütende Hitze und Eiseskälte müssen kaum zu ertragen gewesen sein.

Vor gut zweihundert Jahren waren hier in dieser Gegend nicht nur Reisende, sondern zusätzlich einige Tausend österreichische und französische Soldaten im Rahmen des Fünften Koalitionskriegs mit allen Negativfolgen unterwegs, die ein solcher Durchzug mit sich bringt. Bei Gefrees und Hof kam es zu ersten Gefechten, die das verbündete Heer von Österreichern und Braunschweigern zwar gewann, was aber zwecklos war, da Napoleon kurz zuvor in der Materialschlacht von Wagram gewonnen und mit Österreich bereits den Frieden von Schönbrunn geschlossen hatte. Mit fast achtzigtausend Gefallenen insgesamt war Wagram die bis dato auch für Napoleon verlustreichste Schlacht, während in Franken knapp dreitausend unnütze direkte Gefechtsopfer zu beklagen waren. Zivilopfer wurden nicht wirklich erfasst. Das hat die Militärs nicht interessiert. Gezählt wurde nur der gefechtsbereite Soldat. Ab Gefrees zieht sich für mich eine blutige Spur die A 9 entlang bis Berlin, die wesentlich von Napoleon, Friedrich II., Gustav II. Adolf, Tilly und Wallenstein gelegt wurde. Hitler lasse ich einmal außen vor, sonst müsste ich von einem Blutmeer sprechen, da er ganz Deutschland in eine riesige Blutlache verwandelte.

Der nächste größere Ort ist Hof. Dort war ich noch nie, obwohl ich mir während des Studiums wiederholt vornahm, die Hofer Filmtage zu besuchen. Als Zonenrandgebiet war die Stadt Jahrzehnte von den ehemals guten Verbindungen nach Thüringen, Sachsen und Böhmen abgeschnitten, was sich mit der Grenzöffnung mittlerweile wieder geändert haben dürfte. Der Wunsiedeler Jean Paul besuchte hier das Gymnasium und lernte Johann Bernhard Hermann kennen, das Vorbild vieler seiner Romanfiguren, wie ich im Studium erfuhr. Der im Quiz gesuchte Dichter sah hier im März 1812 Napoleons Militärkolonnen entlang der Saale auf dem Weg nach Rußland vorbeiziehen, gefolgt von ungeheuren Transportkolonnen, was er seiner Gattin in einem Brief schilderte. Wie lang muss solch ein Tross insgesamt gewesen sein? Hunderttausende von Soldaten, einige zigtausend Pferde, Wagen, Kanonen, Geräte, Zivilisten. So breit waren die Straßen damals ja auch nicht. Selbst wenn der Tross wie üblich gesplittet wurde, müssen es noch jeweils etliche Kilometer gewesen sein. Durchmärsche durch einen Ort dauerten mitunter Tage und Nächte. Der Gesuchte selbst war bei dieser Gelegenheit wieder einmal in Richtung Karlsbad zur Kur unterwegs, weil seine Gesundheit nicht die Beste war und er, vor allem nach Schicksalsschlägen, zu heftigen Entzündungen neigte. Es ist schon bemerkenswert, wie fast jeder Ort Besonderheiten preisgibt, wenn man sich nur ein wenig mit ihm beschäftigt. Ähnlich ergeht es mir im Umgang mit

Menschen. Wie oft wurde mir ein vermeintlich dummer, hässlicher oder unsympathischer Fremder zu einem angenehmen Zeitgenossen, manchmal gar Freund, nachdem ich mich seiner ernsthaft angenommen hatte. Es liegt an uns, Dinge und Personen richtig zu sehen. Die Zeit dazu haben wir, wir müssen sie nur nutzen. Hinweis: Berlin 311 km.

Mit dir, Fee, ergab sich seit unserem ersten ausschweifenden Sex ein festes, fast starres Ritual. Jeden Dienstag um Punkt 9 Uhr klingeltest du an meiner Wohnungstür.

Da es einen Moment dauerte, bis du mit dem Fahrstuhl bis in den elften Stock gefahren kamst, wartete ich einen Moment, bevor ich mich innen an die Eingangstür stellte und erwartungsvoll durch den Türspion blickte, bis du im langen Gang des Flures erschienst. Du erwartetest, von mir beobachtet zu werden, weshalb du betont langsam und aufreizend gingst. Ausladend deine Hüften schwingend signalisiertest du mir vorab mit jedem deiner Schritte deine überbordende sexuelle Bereitschaft. Ich sah dich kommen, diese wunderschöne, gepflegte und anmutige Frau Ende vierzig. Die nette Nachbarin, gute Mutter, liebende und fürsorgliche Ehefrau. Das einsatzfreudige Kirchen- und Gemeindemitglied. Bereit und willens, sich die nächsten Stunden scham- und hemmungslos wie eine billige Straßenhure einem anderen Manne bedingungslos hinzugeben.

Du warst meine »Belle de jour gratuite«. Und ich wollte dich verstandesmäßig auch nur so nehmen, nicht anders. Eine tiefgehende Liebesbeziehung zu dir, in diesem vorab zum Scheitern verurteilten Verhältnis, musste ich unbedingt vermeiden. Ich hätte sie nicht mehr verkraften können. Aber Gefühle lassen sich nicht steuern. Auf den reinen Sex reduziert wärest du ein körperlich unvergleichlich befriedigendes Erlebnis gewesen, hätte ich nur meine Gefühle für dich in den Griff bekommen und behalten können. Vergeblich suchte ich meine mit jedem Treffen wachsende Zuneigung zu dir zu verdrängen, indem ich dich aus Selbstschutz verbal erniedrigte, um dich wertlos für mich zu machen. Aber du konntest dich gar nicht so sehr erniedrigen, dass deine Liebenswürdigkeit dadurch überdeckt worden wäre. Es waren diese kleinen Pausen, unsere Gespräche, die Zärtlichkeiten, dein Humor, das blinde Verstehen, die unsere leidenschaftlichen Treffen im Nachgang so schmerzhaft für mich machten. Himmelhoch jauchzend, solange du bei mir warst, zu Tode betrübt, sobald die Tür hinter dir für eine volle Woche ins Schloss fiel, und ich wieder allein war. Allein in der Wohnung, die noch Stunden nach deinem Parfüm, deinem Schweiß, deiner Lust und unserem Liebesspiel roch. An diesen Tagen lüftete ich sie nie. Was macht mein Quiz?

»… widmen wir uns nunmehr einigen Aussagen über die von uns gesuchte Person. Johann Christian Kestner beschrieb ihn in einem Brief folgendermaßen: ›Er ist vierundzwanzig Jahre alt und neben seiner Rechtsgelehrtheit ist er ein Kenner und Leser der Hebräer, Griechen und Römer, ist er Schriftsteller, Dichter und Übersetzer, spricht er sieben Sprachen, ist er Possenreißer, Musiker und Zeichner.‹ Und weiter: ›Er ist der furchtbarste und liebenswürdigste Mensch, den ich kenne, denn er ist schön, lebhaft, stürmisch, ursprünglich, sanft und verführerisch, weshalb er für Frauen auch der gefährlichste Mensch ist.‹ Gottfried August Bürger erregt sich über einen Rezensenten: ›Und da schreibt doch so ein Rezensentengeschmeiß: ›Er muß, wie man fast durchgängig glaubt, in seinem Obergebäude einen Sparren zu viel oder zu wenig haben. Er ist ein überwitziger Halbgelehrter und ein wahnsinniger Religionsverächter. Er ist von einer unausstehlichen Eingebildetheit und erscheint als ein zügelloser und unbändiger Mensch, der alles um sich her verachtet.‹

Karl Marx und Friedrich Engels, die ihn Zeit Lebens verehrten, in dessen Werken sich viele seiner Zitate wiederfinden, bemerken in einem Aufsatz: ›Sein Temperament, seine Kräfte, seine ganze geistige Richtung wiesen ihn aufs praktische Leben an und das praktische Leben, das er vorfand, war miserabel.‹ Gottfried Keller sagte über ihn: ›Jede neue Publikation über ihn wird beklatscht, er selber aber nicht mehr gelesen.« Heutzutage nicht nur er, kann ich da nur ergänzen! Bei dem ganzen Freizeitstress infolge der elektronischen Medien hat doch kaum noch einer Muße, ein Buch in die Hand zu nehmen. Der Analphabetismus ist auf dem Vormarsch, selbst Bestseller werden vielen Zeitgenossen inhaltlich erst nach deren aufwendiger Verfilmung bekannt. Zeigefinger und Daumen zum Umblättern einer Seite werden auf den Daumen zum Button drücken eines Spieles oder einer Fernbedienung reduziert. Deutschland, das einstige Land der Dichter und Denker, verkommt zum Land der Gaffer und Player. Bei Heine, fällt mir gerade ein, habe ich einmal gelesen: »Die Natur wollte wissen, wie sie aussieht. Da erschuf sie ...« Den ganzen Aspekt seiner Naturforschungen haben die im Radio noch gar nicht erwähnt, oder? Vielleicht habe ich diesen Teil auch wieder überhört.

Es ist ausgesprochen schwierig, eine Person zu charakterisieren! Wer kann schon sagen, wie jemand verlässlich ist, wie er grundsätzlich tickt? Ich könnte nicht einmal sagen, wer oder wie ich selbst bin. Es gibt mit Sicherheit Menschen, die mich für den liebsten und hilfsbereitesten Freund halten, ebenso gibt es Menschen, die mich auf den Tod nicht ausstehen können und mir alles erdenklich Schlechte der Welt an den Hals wünschen. Der Mensch an sich ist variabel in seiner Art, gleich einem Chamäleon. Oft ist er nur Abbild dessen, was ihm gerade widerfährt. Widerfährt ihm Gutes, so ist auch er gut, widerfährt ihm Böses, so kann auch er böse sein. Napoleon beispielsweise wurde lange Zeit gehänselt und aus Freundeskreisen herausgehalten. Kaum einer wollte während seiner militärischen Ausbildung Umgang mit ihm pflegen, da er aus verarmtem Kleinadel stammte, etwas unförmig von Statur war, ungepflegt herumlief und als Korse ein unangenehmes Französisch sprach. Nachdem er dank einiger glücklicher Umstände an die Macht gekommen war, entpuppte er sich als ein Energiebündel, welches seine Ziele skrupellos mit eiserner Hand durchsetzte. Was wäre aus der Person Adolf Hitler geworden, hätte ihn die Kunstakademie in Wien angenommen? Ich weiß noch, wie erschrocken ich war, als ich in Berlin erstmals seine Wachsfigur sah. Kein schreiender Unmensch, wie man ihn für gewöhnlich aus historischem Filmmaterial kennt, sondern ein eher in sich gekehrt und sensibel wirkender Mann. Vielleicht sollten die Verantwortlichen die Figur noch einmal überdenken. Noch wichtiger die Frage: Wer hätte ihn ersetzt? Röhm? Göring? Hess? Die Funktion des Diktators ergab sich fast zwangsläufig aus der allgemeinen politischen und wirtschaftlichen Gemengelage, sie musste nur von einflussreichen Kreisen besetzt und gefördert werden. Napoleons Aufstieg wurde von Wieland lange Zeit im Voraus klar erkannt, da er leicht ablesbar war. Auch Hitler war vorhersehbar, wie Bertolt Brecht in »Der aufhaltsame Aufstieg des Arturo Ui« so einrucksvoll aufzeigt. Wieweit ist mein Dichterquiz fortgeschritten?

»Der von uns Gesuchte konnte gehörig austeilen, so sich einer anschickte, ihm das Wasser abzugraben, wie der Bischof von Derby, Lord Bristol. Dieser hatte ihn zu sich eingeladen und sich dabei über eine seiner literarischen Figuren heftig echauffiert. ›Halt! Wenn ihr so über den armen ... redet, welchen Ton wollt ihr denn gegen die Großen dieser Erde anstimmen, die durch einen einzigen Federzug 100 000 Menschen ins Feld schicken, wovon 80

000 sich töten und sich gegenseitig zu Mord, Brand und Plünderung anreizen. Ihr danket Gott nach solchen Greueln und singet ein Te Deum darauf. Und ferner, wenn ihr durch eure Predigten über die Schrecken der Höllenstrafen die schwachen Seelen eurer Gemeinden ängstiget, so daß sie darüber den Verstand verlieren und ihr armseliges Dasein zuletzt in einem Tollhaus endigen oder wenn ihr durch manche eurer orthodoxen von der Vernunft unhaltbaren Lehrsätze in die Gemüter eurer christlichen Zuhörer die verderbliche Saat des Zweifels säet, so dass diese halb starken halb schwachen Seelen in einem Labyrinth sich verlieren aus dem für sie kein Ausweg ist als der Tod. Was sagt ihr da zu euch selber und welche Strafrede haltet ihr euch da?‹ Daraufhin wurde der Bischof sehr kleinlaut, besann sich auf seine Qualitäten als Gastgeber und bereitete beiden noch einen angenehmen Abend.«

20.51 Uhr. Gleich passiere ich das Dreieck Bayerisches Vogtland, danach die Abfahrt Selbitz/Naila. Der Name Naila ist mir seit Ende der siebziger Jahre vertraut, als der Ort mit der Landung eines selbstgenähten Heißluftballons weltweit für Schlagzeilen sorgte. Zwei Familien aus der ehemaligen DDR hatten ihn zur Republikflucht genutzt. Gehört habe ich von einem Bierkrieg zwischen Naila und Selbitz. Auslöser war wohl der Verkauf der Selbitzer an die Nailaer Brauerei, ohne die Bevölkerung darüber vorher in Kenntnis zu setzen. Als Folge des Verkaufsvertrages durfte zudem Bier aus Naila nach Selbitz geliefert werden, was vorher undenkbar gewesen wäre. Als die ersten Fässer anrollten, versuchten angesehene Selbitzer Bürger den Transport aufzuhalten, was ihnen nur kurzfristig gelang. Ein Fass kam direkt ins Wirtshaus, die anderen wurden in einem Keller verstaut, wo sie der Bürgermeister und ein Bäcker jedoch zwei Tage später höchstpersönlich zerschlugen. Als wenig später eine erneute Lieferung nach

Selbitz gelangte, stoppten Bürgermeister und Bäcker den Transport erneut, wurden verhaftet, eingesperrt, mit Hilfe der Bevölkerung befreit und wenige Tage später daheim erneut verhaftet. In Hof wurde ihnen der Prozess gemacht, in dem sie zu je sechs Wochen Haft wegen Beschädigung fremden Eigentums, Befehlsverweigerung und »Vergeudung von Gerstensaft« verurteilt wurden. Ich stelle mir gerade vor, was geschehen wäre, wenn die Tucher Brauerei Nürnberg von der Patrizier Brauerei Fürth aufgekauft worden wäre und die Nürnberger fortan hätten Patrizier Bier trinken müssen. »Schau hie, da liggd a doder Füdd-da, den mach'ma hie ...«

In Kürze müsste die markante Raststätte Frankenwald erscheinen, eins von nur zwei Brückenrasthäusern in Deutschland, danach der ehemalige Grenzübergang Rudolphstein. Die Raststätte besuchte ich erstmals, als ich Anfang 1983 mit einer Freundin von einer Silvesterreise nach Moskau und Leningrad, wie Petersburg damals noch hieß, zurückkehrte und wir dort pausierten. Die gesamte Reise war, wie unsere gut einjährige Beziehung, ein einziges Drama. Mir gelang es nicht, mich ganz aus einer vorher beendeten Beziehung zu lösen, sie hatte ungewollt einen Exfreund im Hintergrund, der leicht psychopathische Züge trug. Gemeinsam zerlegten die Zwei unsere Beziehung und fast uns selbst dazu. Dabei verfügte unsere Verbindung über vielversprechende Ansätze. Neben der Anfangsverliebtheit besaßen wir einen guten Draht füreinander und teilten gemeinsame Interessen. Von ihr lernte ich, dass die Wahrheit zu sagen im Moment etwas schmerzhafter sein kann, aber auf Dauer die einzige Möglichkeit darstellt, einmal missbrauchtes Vertrauen wieder herzustellen. Nicht gleich bei der ersten Schwierigkeit davonrennen, sondern an der Beziehung arbeiten! Ihr verdanke ich auch, mein Studium wieder in den Griff bekommen zu haben, denn meine übertriebenen nächtlichen Aktivitäten zuvor waren nicht ohne Negativfolgen auf meine Arbeitsleistung geblieben. Gelernt habe ich viel von ihr. Dankbar bin ich ihr noch heute. Eine Lebensgemeinschaft wurde es dennoch nicht. Jetzt verliere ich mich aber in meinen Gedanken. Ich konzentriere mich lieber wieder auf das Quiz im Radio.

»Die Meister des Staates sorgen nur für sich. Und so wird oben immer an einem Tag immer mehr verzehrt, als unten beigebracht werden kann. Ich sehe doch den Bauersmann der Erde das Notdürftige abfordern, was ja auch ein behagliches Auskommen wäre, wenn er nur für sich schwitzte. Du weißt aber, wenn die Blattläuse auf den Rosenzweigen sitzen und sich hübsch dick und grün gesogen haben, dann kommen die Ameisen und saugen ihnen den filtrierten Saft aus den Leibern. Und so gehts weiter.« Für einen vermeintlichen Fürstenknecht eine überraschende Aussage. Kritische Stellungnahmen gegenüber dem Adel und eine liebevolle Hinwendung zum einfachen Volk finden sich bei ihm reichlich, mit Demokratie konnte er hingegen nichts anfangen, soweit ich weiß. Für ihn mussten die Personen den Staat lenken, die zu lenken gelernt hatten.

Die bisher prägendste Zeit meines Lebens waren die Jahre mit Julia. Oft habe ich noch an sie gedacht, nachdem ich von ihr fortgegangen war, vor allem an die wirtschaftlich schweren, aber menschlich wunderschönen Anfangsjahre. Mit ihr hatte ich einen nicht enden wollenden Wissensquell, wenngleich mit Schwerpunkt Theologie und Naturwissenschaften. Von beidem hatte ich wenig Kenntnis, hörte dennoch stundenlang aufmerksam zu, wenn sie begeistert neueste wissenschaftliche Erkenntnisse pries oder empört zurückwies. Sie war stets auf dem neuesten Stand und besaß ein glückliches Händchen, komplexe Zusammenhänge einfach darzustellen, wodurch ich in die Lage versetzt wurde, ihr in ihre Fachbereiche zu folgen. Vor allem der gesamte Bereich der Genforschung war für sie als praktizierende Christin ein rotes Tuch. Man konnte und durfte nicht in Gottes Werk hineinwirken. Da ließ sie auch nicht mit sich reden, zeigte sich dogmatisch. Durch sie und ihre christliche Grundhaltung fand ich zum Glauben zurück, nachdem ich mich in den siebziger Jahren wie so viele vermeintlich kritische Geister völlig davon abgewandt hatte. Wir waren zu jener Zeit ein fest verschweißtes Team, in dem jeder blind auf den anderen zählen konnte. Von ihr lernte ich, dass der Partner der wichtigste Mensch im Leben ist. Ihm muss die ganze Aufmerksamkeit gelten, ihm alle Zuwendung.

Wenn ich morgens um vier aufstehen musste, stand sie mit mir auf. Wenn ich das Haus verließ, verabschiedete sie mich an der Haustür. Wenn ich spät abends heimkehrte, stand sie an der geöffneten Haustür und erwartete mich freudestrahlend. Die erste Stunde nach der Heimkehr diente unserer Gemeinsamkeit. Wir setzten uns an einen kleinen runden Tisch vor dem großen Küchenfenster und tranken gemütlich einen Tee miteinander. Dabei erzählten wir uns gegenseitig, was der Tag an positiven und negativen Erlebnissen gebracht hatte. Im Sommer blickten wir hinaus auf die feingliederige Eberesche, die ich zu ihrem fünfzigsten Geburtstag gepflanzt hatte und auf die üppig wuchernde Kletterrose, die mit einigen prallen dunkelroten Blüten bis weit ins Fenster hineinragte, als ob sie unseren vertrauten Gesprächen lauschen wolle. Im Winter war das Fenster wie das gesamte Haus weihnachtlich dekoriert und wir gaben etwas Rum in unseren Tee. Den Mittagstisch deckte sie auch im Alltag wie zu einem Festmahl. Eine weiße Tischdecke, schönes Geschirr, edles Besteck, von einem silbernen Ring gehaltene Stoffservietten, Kerzenlicht. Vorab ein längeres Gebet, nicht nur die bevorstehende Mahlzeit beinhaltend. Wir wussten uns während der Mahlzeiten auch immer etwas zu erzählen. Ich kann mich nicht erinnern, jemals schweigend mit ihr am Tisch gesessen zu haben. Meistens erzählte sie, wobei sie sich so herrlich hineinsteigern konnte und mitunter ungewollt witzige Bemerkungen machte: »Schmutz ist eindeutig Substanz am falschen Ort!«

Ich bedankte mich bei ihr für das Frühstück, für das Mittagessen, für das Abendbrot, für die saubere Wohnung, die gewaschene und gebügelte Wäsche. Für mich war es nicht selbstverständlich, dass sie all diese Arbeiten für uns verrichtete. Sie diente gern, so lange sie das Gefühl haben konnte, ihre Dienste würden anerkannt und nicht als selbstverständlich vorausgesetzt werden. Bei mir hatte sie es. Ich meinerseits brachte mich ein, wann immer die ausufernde Arbeitszeit es zuließ. Im Sommer versorgte ich den Garten, im Winter kümmerte ich mich um das Kaminholz und Räumdienste, ganzjährig um unser Kulturleben, den Großeinkauf, die Hunde, die Fische und die Voliere. Täglich zeigte ich ihr meine Dankbarkeit und Bewunderung, überraschte sie mit kleinen Aufmerksamkeiten und versuchte, unser kulturelles Leben aufzuwerten. Es war ein Geben und Nehmen, ein beiderseitiges Dienen ohne Missbrauch, und unser gemeinsames Handeln trug Früchte, privat wie geschäftlich. Wir schienen beide unser Lebensglück gefunden zu haben.

Gerade habe ich die Raststätte Frankenwald passiert. Keine 21.00 Uhr. Nicht einmal eineinhalb Stunden gefahren. Hinweis: Berlin 301 km. Noch etwa zweieinhalb Stunden Fahrtzeit. Es könnte reichen. Ich fahre auf die Brücke der Deutschen Einheit, die neben einem weiten Tal auch die Sächsische Saale überspannt, früher die Staatsgrenze zwischen BRD und DDR, heute die Landesgrenze zwischen Bayern und Thüringen. Einmal habe ich angehalten und

bin zur Saale hinab gestiegen. Dabei habe ich mir vorgestellt, wie Napoleons Truppen ihre Pferde an der Saale tränkten, bevor sie nach Lobenstein weiterzogen. Von den ehemaligen Grenzanlagen ist heute nichts mehr zu erkennen. Östlich der Brücke liegen bewirtschaftete Wiesen, westlich verwildert das Tal, vor allem Birken verbreiten sich flächendeckend zu einem Hain.
Bis vor ein paar Jahren hätte hier das große Zittern und Warten begonnen. Zittern vor der Allmacht und den Launen der DDR-Grenzbeamten, warten auf die Abfertigung und die Form der Schikane, der man an diesem Tage ausgesetzt sein würde. Zügig abgefertigt zu werden gehörte zu den wenigen Glücksmomenten, die man an diesem Grenzübergang erleben durfte. Mit Vorliebe setzte die DDR an dieser Stelle Sachsen ein, weil diese als besonders linientreu galten, was ihnen bei den Wessis einen schlechten Ruf einbrachte, weil viele von ihnen hier erstmals in ihrem Leben sächsisch live hörten und es fortan mit einem unguten Kontext verbanden.»Gänsefleisch ma den Goffaraam aafmaache?« Wenn die Kollegen so richtig mies drauf waren, bauten sie einem das halbe Auto auseinander oder ließen einen grundlos Stunde um Stunde warten. Rache der vergrämten sozialistischen Konsumverzichtskinder an den arrogantüberheblichen kapitalistischen Wirtschaftswunderkindern. Nachdem man endlich die Kontrollstellen passiert hatte, begab man sich auf die knapp dreihundert Kilometer lange geschwindigkeitsbegrenzte Holperstrecke, die trotz üppiger Finanzmittel aus dem Westen vom Osten nicht in Ordnung gehalten wurde. Man konnte nur hoffen, das eigene Fahrzeug möge keinen Schaden nehmen und die ständig den Transitweg kontrollierende Volkspolizei keinen Vorwand finden, einen unterwegs anzuhalten. Man fürchtete sich einfach vor dieser unkontrollierten Willkür. So tuckerte man gemächlich durch einen angsterfüllten

tristen Raum, sah links und rechts, von den Farben der Wälder und Felder abgesehen, nur graue Ödnis und Verfall, bis man endlich den Kontrollpunkt Dreilinden erreichte und befreit aufatmen konnte. Gerettet! Der vermeintlich humanere Kapitalismus hatte einen wieder.

Die ersten Jahre nach der Wende wiesen die Verkehrsschilder hier am Grenzübergang schlicht nach Lobenstein, seit einer Weile indes nach Bad Lobenstein, da der Ort dank jahrelanger Bemühungen mittlerweile als Moorheilbad anerkannt worden ist. Mir war der Name Lobenstein vor meiner ersten Berlinfahrt nur einmal im Zusammenhang mit Napoleon begegnet. Dieser, aus Kronach kommend die Saale entlang in die bevorstehende Schlacht gegen Preußen ziehend, durchquerte auch Lobenstein. Er erreichte den Ort gegen Mittag, zog aber gleich weiter nach Ebersdorf, wo er mit seinen Generälen und Stabsoffizieren übernachtete. So weit so gut. Dann aber kamen seine fast zweihunderttausend Soldaten, die Mann für Mann mit ihrem gesamten Militärtross durch den Ort marschierten. Tag und Nacht. Sie schlugen ihre Biwaks auf, plünderten, belästigten, verrichteten ihre Notdurft, wo es ihnen gefiel. Trotz der Neutralität Lobensteins musste die Bevölkerung arg unter dem Durchzug Napoleons leiden, wie überhaupt große Teile Europas einige Jahre unter diesem rücksichtslosen, macht- und ruhmbesessenen Korsen zu leiden hatten. Mir ist neben ihm auch sonst kein einziger »großer« Feldherr bekannt, der Glück und Frieden über die Menschheit gebracht hätte, auch wenn sie in den Geschichtsbüchern so heilbringend und genial dargestellt werden. Ihre Gräueltaten werden bagatellisiert, durch die Kirche legitimiert und glorifiziert. Selbst ein Hitler blieb vom Papst wider besseren Wissens weitestgehend unangetastet, auch wenn sich das Verhältnis zwischen Naziregime und Kirche im Laufe der Jahre verschlechterte. Für mich als Katholik noch heute unfassbar.

Mit der einsetzenden Finsternis im Bunde erscheint die Wetterlage jetzt noch bedrohlicher, wenngleich alles weiterhin relativ ruhig aussieht, abgesehen von dem Wetterleuchten im Osten und den sichtbaren leichten Auswirkungen des Windes. Ich muss abwarten, wie es sich weiterentwickelt. Mit dir, Fee, blieb es, wie befürchtet, nicht rein sexuell, dafür waren von Anbeginn zu viele Emotionen im Spiel. Zumindest von meiner Seite. Dennoch verliefen unsere wöchentlichen Treffen nach wie vor heftig. Immer dienstags, exakt von 9 bis 14 Uhr, volle fünf Stunden. Du brachtest jetzt immer eine kleine Zwischenmahlzeit mit. Sekt, Käse, Schinken, Baguette, Weintrauben, Süßigkeiten, die wir in den kurzen Pausen zwischendurch genossen. Manchmal unterhielten wir uns lachend darüber, was wir noch alles bisher Unbekanntes miteinander treiben könnten. Du brachtest Sexspielzeuge mit, Obst, Pralinen. Mittwochs im Kurs verhielten wir uns neutral. Dann warst du wie ausgewechselt, unser Umgang miteinander fast förmlich.

Unter der Woche telefonierten wir mehrmals und plauderten meist länger als geplant, weshalb du die Gespräche häufig abrupt beenden musstest, um deinem mittags heimkommenden Ehemann sein warmes Essen vorzusetzen. Daneben schrieben wir uns Emails und unterhielten uns sehr offen und ehrlich über dein Privatleben, wodurch ich zwangsläufig immer mehr Einblicke in deine Ehe erhielt. Vieles erinnerte mich an meine erfüllte Ehe mit Julia, wobei auch du mich häufig an sie erinnertest. Sah ich sie in Dir, ohne es zu bemerken? Ihr ward euch sehr ähnlich, wenn auch nicht gleich. Du warst schön wie sie, diszipliniert wie sie, aber lockerer und witziger, eher bereit, Fünfe gerade sein zu lassen. Natürlich warst du auch unmoralischer, was mich jedoch nicht störte, solange ich meine Gefühle dir gegenüber einigermaßen im Griff zu behalten glaubte. Ich wusste, dass ich keine Ansprüche an dich stellen durfte und stellte auch keine, sofern es überhaupt möglich war, bei so viel Liebenswürdigkeit nicht zu begehren. Um dich nicht in Verlegenheit zu bringen, rief ich nie bei dir an. Ich überließ dir die Spielregeln, wann, wo und wie lange wir uns trafen. Bald erschien es mir, als sei ich dein Ventil, um den kleinen Ehefrust, der sich auch in der glücklichsten Ehe ergibt, abzubauen. Manchmal glaubte ich auch bemerkt zu haben, dass du immer nur dann bei mir anriefst, wenn du dich im Moment vernachlässigt fühltest oder gerade irgendeinen kleinen Ärger überwinden musstest. Dann ließt du dich von mir und unseren kurzweiligen Telefonaten wieder aufbauen. Für dich war es eine »win-to-win« Situation, solange unser Verhältnis geheim blieb und dein Ehemann die ausgeglichene und entspannte Ehefrau daheim genießen konnte. Sogar euer Sexualleben profitierte von unserem Verhältnis, seitdem du Neuerungen einbrachtest, die du erstmals mit mir praktiziert hattest. Für mich war es keine Gewinnsituation, wie hoch der erotische Genuss im Moment auch gewesen sein mag. Ich musste warten, ob du mir schreibst, ob du anrufst, ob du kommst.

Wenngleich ich mich manchmal missbraucht fühlte, wollte ich unser Verhältnis nicht beenden. Und obwohl oder vielleicht gerade weil ich mich missbraucht fühlte, wuchs meine Zuneigung zu dir. Es sind oft die misshandelten Gefühle, die sich als resistent gegenüber Verlusten erweisen. Sie lassen sich rational nicht steuern. So stiegen die Meinigen, egal wie sehr ich mich auch dagegen wehrte. Rational erfassen konnte ich hingegen das unabwendbare Ende. Der Zug dorthin befand sich bereits in voller Fahrt, ein Abspringen war nicht mehr möglich. Und zu deinen Füßen sitzend wünschte ich mir, Hanf zu brechen. Heute, morgen und übermorgen, ja mein ganzes Leben. Aber ich sollte den Hanf nur für kurze Zeit brechen dürfen. Das vorzeitige Ende war so voraussehbar unausweichlich wie das jetzt unmittelbar bevorstehende Unwetter. Hoffentlich macht es mir mit seinen Auswirkungen keinen Strich durch meine Endzeitplanung.

Wieso kann man auf einem Gedankenpfad, den man erst einmal betreten hat, nicht mehr umkehren, sondern muss ihn bis zum bitteren Ende weiter gehen? Quiz, rette mich!»Ich bekenne, daß mir von jeher die große und so bedeutend klingende Aufgabe ›Erkenne dich selbst‹ immer verdächtig vorkam. Als eine List geheim verbündeter Priester, die den Menschen durch unerreichbare Forderungen verwirren und von der Tätigkeit gegen die Außenwelt zu einer inneren Beschaulichkeit verleiten wollen, denn, der Mensch kennt nur sich selbst, wenn er die Welt kennt.« Dieses Zitat erinnert mich daran, wie viele Zeitgenossen im Alltag oftmals Redewendungen aus seinen Werken verwenden, ohne es überhaupt zu wissen, ohne sie je im Original gelesen zu haben. »Wissen ist Macht«, »Religion ist Opium fürs Volk« und »Sein bestimmt Bewußtsein« würden auch zu ihm passen, sind aber nicht von ihm. Oder doch? Zumindest unter seinem Einfluss entstanden? Kann man bei uns gedanklich und sprachlich überhaupt ohne seinen Einfluß sein?

Weshalb komme ich während der Fahrt so oft auf Napoleon zurück? Ach ja, seine durchgängige Blutspur. Die hätte ich beinahe vergessen, denn nun drängst du, Fee, dich schon wieder auf. Wir verbrachten nur Vormittage und frühe Nachmittage miteinander, nie gemeinsamen Abende. Die waren deinem Ehemann vorbehalten, obwohl er oftmals nicht daheim war. Je näher wir uns kamen, je mehr ich aus deinem intakten Privatleben erfuhr, desto mehr fragte ich mich, welche Rolle ich in deinem Leben spielte. Du warst eine gesunde, kluge und schöne Frau, glücklich verheiratet, finanziell in sehr guten Verhältnissen lebend. Deine Einbindung in die Familie und die Praxis deines Mannes füllten dich aus, gesellschaftliches Engagement gab dir zusätzliche Bestätigung. Dein Mann war liebenswert, sichtlich um dich bemüht, als guter Arzt gesellschaftlich hoch geachtet und immer wieder bereit, mit dir dem grauen Alltag zu entfliehen und auf Reisen zu gehen. Deine Kinder nahmen, von den altersbedingten kleinen Querelen abgesehen, eine gute Entwicklung. Wie viele Frauen in unvorteilhafteren Lebenslagen wären dankbar gewesen, nur einen Bruchteil dessen zu erhalten, was dir gegeben ward? Wozu ich? Wozu all das unnütz gefährden? Für ein bisschen ungezügelten Sex? War es das wert?

So sehr ich mich auch bemühte, dich nur rein sexuell wahrzunehmen, so wenig gelang es mir. Unter anderen Umständen hättest du die Frau sein können, mit der ich mein restliches Leben hätte verbringen mögen. So warst du nur ein stundenweise geliehenes Glück, welches ich anschließend wieder abgeben musste. Durch die Art, wie ich mit dir schlief, wie ich dich verbal erniedrigte, versuchte ich, dich für mich abzuwerten, um mich lösen zu können. »Du bist eine gottverdammte Hure!« Vergebens. Ich liebte dich zu sehr, um wirklich schlecht von dir zu denken, auch wenn ich dir gegenüber schlecht von dir sprach. Je mehr ich dich liebte, desto mehr begann ich, die Zeiten des Wartens und Verzichtens bewusst wahrzunehmen. Ich begann, unausgesprochen, Erwartungen aufzubauen. Irreale Erwartungen, die sich nie erfüllen konnten. Dennoch erwuchsen sie. Ich begann zu leiden. Manche Erzählungen aus deinem harmonischen Eheleben hinterließen auf einmal kleine schmerzhafte Stiche bei mir. Eifersucht oder traurig-schöne Erinnerungen an eigenes Erleben? »Ach, wenn du da bist, Fühl ich, ich soll dich nicht lieben; Ach, wenn du fern bist, Fühl ich, ich lieb dich so sehr.« Was mir so alles wieder einfällt, jetzt, da im Quiz von ihm die Rede ist. Da gab es doch noch eine Stelle, die auch passen würde: »Ich begreife manchmal nicht, wie sie ein anderer lieb haben kann, lieb haben darf, da ich sie so ganz allein, so innig, so voll liebe, nichts anders kenne noch weiß noch habe als sie!« Bei ihm findet man, was Liebe betrifft, für jede Situation die passenden Zeilen.

Mit Julia hatte ich all diese Probleme nicht. Sie hätte mich auch nicht betrogen. Ich konnte mich auf sie verlassen, wie auch sie sich auf mich verlassen konnte. Nie zuvor im Leben war ich so darum bemüht gewesen, einer Frau zu zeigen, was sie mir bedeutete. »Mein Dichten, Trachten, Hoffen und Verlangen Allein nach dir und deinem Wesen drängt, Mein Leben nur an deinem Leben hängt.« Bei allem, was ich tat, fragte ich mich, was es für Folgen für sie haben würde. Ich habe sie geliebt, wie man ein Kind auf seinen Armen wiegt. Umsichtig fest, damit es nicht fällt, behutsam zart, damit man es nicht erdrückt. Wenngleich ich nicht mehr heiraten wollte, so war ich doch erstmals davon überzeugt, dass diese Beziehung ein biologisches Ende nehmen würde. »Einer Einzigen angehören, Einen Einzigen verehren, Wie vereint es Herz und Sinn!« Kommen diese Zitate überhaupt noch aus dem Radioquiz, oder greife ich unbewusst in den eigenen passiven Fundus?

Gleich erreiche ich Schleiz. Den Bewohnern erging es ähnlich wie den Lobensteinern, nur sind nicht gar so viele Soldaten und Pferde durch den Ort getrampelt und haben ihre zerstörerischen Spuren hinterlassen. Da aber Napoleon auch hier nächtigte und ein Kavallerieführer ihn beeindrucken wollte, griff dieser kurzerhand die in der Nähe lagernden preußischen und sächsischen Truppen an, was für ihn und die Franzosen beinahe zum Desaster geführt hätte, wäre ihm nicht Marschall Bernadotte mit seiner Infanterie helfend zur Seite geeilt. Am Ende lagen ein paar hundert Soldaten völlig sinnlos abgeschlachtet herum, ein paar weitere hundert wurden verletzt oder gefangen genommen. Das Gefecht bei Schleiz war jedenfalls das erste größere Zusammentreffen preußischer und französischer Truppen in diesem Krieg, der mit fast fünfzigtausend Toten, Verwundeten und Gefangenen enden sollte. Zivilopfer nicht mitgerechnet. Glückwunsch, Herr Bonaparte. Und wozu das alles? Gegenüber Fürst Metternich äußerte Napoleon, ein Soldat wie er schere sich den Teufel um das Leben von einer Million Menschen und an anderer Stelle: »Ja, die Menschen sind schlecht, aber ich kann mir das Zeugnis ausstellen, daß ich sie nach diesem Maßstabe behandelt habe.«

Was sind das für Mechanismen, die wie ein gut funktionierendes Räderwerk ineinandergreifen, wenn es darum geht, wieder einmal solch einen Schlächter zu inthronisieren? Laut Wilhelm Roscher ist ein Hauptförderungsmittel, »..daß man sich doch lieber von einem Löwen als von zehn Wölfen oder von hundert Schakalen oder gar von tausend Ratten Person und Habe will aufzehren lassen.« Mir ist es gleich, ob diese Schlächter Caesar, Cortez, Pizzaro, Alexander, Napoleon, Hitler, Stalin oder sonst wie heißen. Im Grunde sind sie alle nach dem gleichen simplen Strickmuster gefertigt: Persönliches Manko als Ausgangsbasis, durch gesellschaftliche Ablehnung bedingter übertriebener Geltungsdrang als Antrieb, rücksichtsloses Vorgehen als Markenzeichen, Machtvakuum als historische Chance, unterstützende Interessengruppen aus Politik und Wirtschaft, die die notwendigen Macht- und Finanzmittel verschaffen und vom Aufstieg des Schlächters persönlich zu profitieren hoffen, schließlich die Verselbständigung und der Größenwahn des Schlächters. Zu Napoleon bemerkte der von uns Gesuchte: »Niemand dienet einem andern aus freien Stücken; weiß er aber, daß er damit sich selber dient, so tut er es gerne«. Napoleon kannte die Menschen zu gut, und

er wusste von ihren Schwächen den gehörigen Gebrauch zu machen. Weshalb deckt man diese Zusammenhänge an unseren Schulen nicht auf, damit unsere Kinder daraus lernen können? Selbst an den Händen des bei uns so hoch verehrten aufgeklärten Alten Fritz klebt das Blut von über vierhunderttausend sinnlos dahingeschlachteten jungen Menschen – Feinde und zivile Kollateralschäden nicht mit eingerechnet. Hätte er all diese Menschen sinnvoll in Handwerk, Landwirtschaft, Manufakturen und Kultivierung des Brachlandes eingesetzt, wäre dies der langfristigen Entwicklung Preußens vermutlich dienlicher gewesen.
21.10 Uhr. Schleiz ist auch geschafft. Hinweis: Berlin 272 km. Während jeder Fahrt durch die neuen Bundesländer erinnere ich mich der Eintrichterungen der Schulzeit. Ich fahre über ein weißes Blatt Papier. Eine Gegend ohne Infrastruktur, ohne reizvolle Landschaften, ohne Geschichte, ohne Persönlichkeiten: Sowjetisch besetztes Ödland, lebensunwert. Ein etwas zu groß geratenes KZ in bester Hitlermanier. Auf der Schullandkarte hätte man es demnach eigentlich weiß einzeichnen müssen, wie die wenigen anderen weit entfernten unerforschten Landstriche, die es in meiner Kindheit auf der Weltkarte noch gab. Die Landschaft, die ich nun durchfahre, gab es nach meiner Schulbildung gar nicht. Hügelig ist es hier mit großen, verschiedenfarbigen Ackerflächen. Eben überquerte ich die Wisenta, nordwestlich schließen sich die Plothener Teiche an, die ab dem Mittelalter zur Fischzucht angelegt wurden. Im Herbst sammeln sich hier tausende von Staren, um in den Süden zu fliegen.

Ich durchfahre eine schöne Region, in der es angeblich nur Mauern, Stacheldraht, Minen, Grenzsoldaten und um Hilfe schreiende, vom bösen Sozialismus malträtierte Menschen gab, die auch gern bei uns im Westen gelebt hätten, aber nicht durften. Denen Coca Cola, McDonalds, Konsumrausch und Massentourismus einfach vorenthalten wurden. Trotz des politischen Alleinvertretungsanspruchs für Gesamtdeutschland wurde nicht eine Stadt, nicht ein Fluss, nicht eine Landschaft besprochen. Auch die weiter östlich fließende Weiße Elster kenne ich erst, seitdem ich diese Strecke hier fahre. Meine DDR-Erfahrung in der Kindheit deckte sich mit der der Hitlerzeit. Beide hatten nicht existiert. Basta! Es gab nur ein Leben vor 1933 und nach 1945, beziehungsweise westlich und nördlich der »sogenannten DDR« oder »Sowjetisch Besetzten Zone«, wie die DDR bei uns lange Zeit hieß. Ich wusste mehr über Amerika, Afrika, Asien und Australien als über diese alten deutschen Kulturlandschaften, durch die ich jetzt fahre. Dabei war gerade diese Region mehr als einmal Zentrum der deutschen Geschichte.

Bereits 1600 v. Chr. entstand in Nebra die Himmelsscheibe, die bisher früheste bekannte Himmelsdarstellung der Menschheitsgeschichte. Karl der Große setzte beim Ausbau und der Sicherung der Reichsgrenzen auf diese Region. Martin Luther wurde in Eisleben geboren, studierte an der Universität Erfurt, wurde Mönch im dortigen Augustinerkloster, schlug seine Thesen in Wittenberg an das Kirchenportal und übersetzte auf der Wartburg die Bibel ins Deutsche. Im Bauernkrieg, der ersten Revolution auf deutschem Boden, waren Mühlhausen und Frankenhausen zwei der wichtigsten Zentren und der in Stolberg geborene Reformator Thomas Müntzer einer der bedeutendsten Bauernführer. Hier begann der Schmalkaldische Krieg, in dem sich der katholische Kaiser Karl V. und der Schmalkaldische Bund, ein Zusammenschluss aus protestantischen Landesfürsten und Städten, gegenüberstanden und in dem Karl V. versuchte, die reichsrechtliche Anerkennung des Protestantismus zu verhindern und die Macht der Reichsstände im Heiligen Römischen Reich einzuschränken.

Ende des 18. Jahrhunderts rückten Herzogin Anna Amalia und ihr Sohn Karl August die Region erneut in den Blickpunkt, als sie Wieland, Herder, Goethe und Schiller, das klassische Viergestirn, an ihren bescheidenen Hof nach Weimar holten. Die Universität Jena entwickelte sich mit Fichte, Schelling und Hegel zu einem Zentrum der Philosophie, die Jenaer Romantik mit Novalis, Brentano, Tieck und den Brüdern Schlegel wurde stilprägend. Mit der Industrialisierung erhob sich Thüringen zur Wiege der Sozialdemokratie. Bebel und Liebknecht gründeten in Eisenach die Sozialdemokratische Arbeiterpartei, die später in Gotha mit dem Allgemeinen Deutschen Arbeiterverein zur SPD fusionierte. All diese Orte waren für mich in meiner Kindheit nur ein weißer Fleck inmitten anderer weißer Flecken. Wie haben es die Lehrer damals nur geschafft, all die unverzichtbaren historischen Vorgänge und Personen zu besprechen, ohne das Gebiet der DDR mit einzubeziehen? »Die Lehrer, die Rekrutenschinder, brechen schon das Kreuz der Kinder. Sie pressen unter allen Fahnen die idealen Untertanen.« Biermann. Auch Napoleon regierte in die Schulen hinein, ließ dort lediglich das lehren, was seine Untertanen als gehorsame Befehlsempfänger und Kanonenfutter wissen mussten. Lehrer und Schüler kleideten sich uniformiert, militärischer Drill regelte die Bewegungsabläufe innerhalb der Schule. Hitler nutzte die Schulen direkt zur Wehrertüchtigung und Kriegsvorbereitung.

Mit dir, Fee, hatte ich mich wider besseren Wissens vermeintlich dauerhaft eingerichtet. Du gehörtest fest zu meinem Leben, wenngleich du nicht zu mir gehörtest. Du warst stete Gegenwart, auch bei physischer Abwesenheit. Ich lebte mit dir. Jeden Tag. Jede Nacht. Du warst leicht wie eine Feder, und ich konnte dich mühelos überall mit hinnehmen. Mir wurde warm ums Herz, sobald ich an dich dachte. An dein Lächeln, deine sanfte Stimme, deine zarte Haut, dein weiches Haar. Ich musste urplötzlich lachen, nur weil mir spontan ein Wortwitz oder eine lustige Bemerkung von dir einfiel. Es erregte mich, wenn ich an deinen schönen Körper dachte, daran, wie tabulos und unersättlich du ihn in unser Liebesspiel einbrachtest und wie du mich verbal animiertest. Ich blühte auf, sobald wir uns trafen, du mich anriefst oder ich eine Mail von dir erhielt. Ich nannte dich Fee, auch wenn ich bei dir keine drei Wünsche frei hatte. Nicht einmal einen. Ansonsten führte ich mein Leben in gewohnter Weise fort, bemühte mich aber, stets für dich erreichbar zu sein. Meine Gefühle für dich versuchte ich weiterhin vergeblich im Zaum zu halten, keine Ansprüche an dich und deine Zeitplanung zu erheben. Einem Bettler gleich die Minuten und Stunden mit dir wie auf den Boden gefallene Brosamen aufklaubend, innigst genießend, was von dir für mich übrig blieb, nachdem du Ehemann und Familie rundum versorgt hattest, so liebte ich dich, mich an der wahren Liebe vergehend.»Ich kann nicht beten:»Laß mir sie!« und doch kommt sie mir oft als die Meine vor. Ich kann nicht beten:»Gib mir sie!« denn sie ist eines andern.« Lieber, so zwang ich mich zu denken, mit einem Prozent an dir beteiligt sein und mit neunundneunzig nicht, als gänzlich auf dich zu verzichten.

Unsere Dienstage waren fest. Du hattest sie geschäftsmäßig in deine Wochen- und Familienplanung eingetaktet. Dennoch verloren sie nicht ihre sexuelle Urgewalt, sondern wurden durch immer neue Varianten in ihrem Lustgewinn sogar noch gesteigert. Mittwochs im Kurs nahmen wir uns völlig zurück, um nicht doch noch aufzufallen. Wir wollten unsere kleine Welt, die wir uns geschaffen hatten, und deine scheinbar heile Welt, die du aufrechterhalten wolltest, nicht durch eine Leichtfertigkeit gefährden. Unsere Telefonate verlagerten sich zusehends auf den späteren Vormittag, leicht erkennbar eine Zeit, in der du die angefallene

Haus- und Verwaltungsarbeit erledigt hattest und die Zeit überbrücken wolltest, bis dein Ehemann pünktlich zum Mittagessen erschien. Was machte er eigentlich dienstags? Mikrowelle? Den Telefonsex, den wir eine Zeit lang abends praktizierten, während dein Mann auf irgendeiner Sitzung weilte, stelltest du ein. Vermutlich, weil deine Tochter wieder daheim wohnte. Ich fragte nicht weiter nach. Aus Rücksicht? Aus Angst vor unangenehmer Wahrheit?
Unser Email Verkehr dauerte an. Der feinsinnig verbale Umgang mit mir erfreute dich ebenso wie der grenzenlos sexuelle. Auch auf diesem Gebiet waren wir kreativ, wenngleich wir wiederholt ins Obszöne abfielen, weil es uns so herrlich stimulierte. Alles verlief vermeintlich optimal. Du und die Deinen führten ein wundervolles Familienleben, ich lebte meine gewollte Einsamkeit, pflegte meine verlorene stille tiefe Liebe, hatte einmal die Woche animalischen Sex und relativ regelmäßig anregende Ansprache.
»O! lass doch immer hier und dort Mich ewig Liebe fühlen, Und möchte der Schmerz auch also fort Durch Nerv' und Adern wühlen.« Das Quiz! Wieso gelingt es mir nicht, aufmerksamer zuzuhören, um dieser Grübelei zu entgehen? Hab ich überhaupt zugehört? Mir scheint, das Zitat war mir noch präsent, weil ich es einst für einen Freund in einem Liebesbrief verwendete, den ich für ihn entwarf.

Die ersten Jahre mit Julia waren ebenfalls durch Entbehrungen gekennzeichnet. Entbehrungen finanzieller Art, zudem durch ausufernde harte Arbeit. Zugleich war es eine Zeit der Zuversicht und des Urvertrauens. Sie gab Nachhilfe, versorgte den Haushalt und arbeitete an manchen Tagen nachts in unserem Lokal, bis ich sie ablöste. Ich arbeitete im Radio, kümmerte mich um den Werbezeitenverkauf, führte beide Betriebe und stand nachts gemeinsam mit ihr oder nach ihr hinter der Theke. Manche Bekannte rümpften die Nase, wenn sie uns im Lokal arbeiten sahen.

Uns war das egal. Wir kämpften tagsüber Seite an Seite für unsere gemeinsame Zukunft und ruhten nachts Rücken an Rücken zum Kräftesammeln aus. Für sie war es besonders schwer, weil sie früher mit Frau Dr. oder Chefin angesprochen wurde, zu Zeiten mit ihrem inzwischen verstorbenen Ehemann gar als Frau Professor. Nach dem Verlust ihres Betriebes war sie auf einmal gesellschaftlich ein Niemand. Solch einen gesellschaftlichen Absturz muss man ertragen und aushalten können. Sie konnte es. Sie war stark. Sie war sich auch nicht zu schade, die Ärmel hochzukrempeln und ganz unten wieder neu zu beginnen.

So standen wir auch gemeinsam die halbe Nacht in unserem Lokal, ertrugen den Zigarettenrauch, den Lärm und manch ein bangloses Gespräch, dem wir hinter der Theke nicht ausweichen konnten. Es waren aus finanzieller Sicht die schwierigsten, aus zwischenmenschlicher Sicht hingegen die schönsten Jahre, die wir miteinander verbringen durften. Warum schweißen einen ausgerechnet Not und Leid so fest zusammen, lassen einander näher rücken, sich die helfende Hand reichen, teilen, selbst wenn es für den Eigenbedarf kaum reicht? »Setz dich, Bruder. Ich werde noch etwas Wasser in die Suppe geben und mein Brot brechen, dann reicht es für uns beide!« Warum entwickelt man gerade in Notlagen diese unglaubliche Belastbarkeit? Als Türsteher in einer Studentendiscothek erlebte ich in kritischen Situationen, wie sich mein Körper verselbständigte, ungeahnte Kräfte entwickelte und blitzschnell agierte. Ist das ein Überlebensreflex? Ein Adrenalinausstoß? Niemals zuvor oder später in meinem Leben habe ich so viel gearbeitet, wie in diesen Jahren, aber die Arbeit auch niemals mehr als so geringe Belastung empfunden.

Oh, weia, jetzt bricht es über mich herein. »Mein Vater, mein Vater, jetzt faßt er mich an.« Die böigen Winde als Vorboten des nahenden Gewitters zwingen die Bäume in extreme Schieflagen. Erste vereinzelte Regentropfen fallen auf die Windschutzscheibe. Riesenblitze zucken in der Ferne grell aufflackernd, nervös durch den pechschwarzen Himmel, krachende Donner dröhnen mit zeitlichem Abstand abgeschwächt bis hierher. Ähnlich stelle ich mir das Szenario vor, als die Kanonen der Schlachten bei Saalfeld, Jena, Chemnitz, Freiberg und Dresden ihre todbringenden Salven in die geschlossenen Reihen warmer menschlicher Körper abfeuerten. Feuerblitz, Knall, Schreie, Blut, Tod. Die Regenschauer kommen jetzt schneller und dichter. Ohne Scheibenwischer sehe ich nichts mehr. Im Moment reicht die mittlere Stufe. Wisch-Wasch, Wisch-Wasch, WischWasch. Der Verkehr rechts verdichtet sich zusehends, weil weiter vorne vermutlich schon wieder so ein Angsthase auf die Bremse gestiegen ist. Was macht der, wenn es erst richtig schüttet, blitzt und kracht? Stehenbleiben? Wie erging es den einfachen Soldaten, als sie von den eigenen Offizieren unausweichlich in die offenen Mündungsfeuer und aufgesetzten Bajonette der Feinde und den fast sicheren Tod gepresst wurden? Waren sie bis zu den Haarspitzen voller Adrenalin, angetrunken oder haben sie sich vor Todesangst eingenässt und eingekotet? Ich halte mich zunächst einmal in der Mittelspur oder links und bleibe auf 120, um nicht von einem Auto vor mir fortwährend vollgesuppt zu werden. Bevor nicht das Wasser erkennbar flächendeckend auf der Fahrbahn steht, fürchte ich auch kein Aquaplaning. Außerdem verfügt der Wagen über sehr gute Reifen und eine vorzügliche Straßenlage. Wie sahen eigentlich die Schlachtfelder hinterher aus, nachdem Zigtausende auf ihnen zerfetzt und verblutet waren? Wie roch es? Was hörte man?

Als Jugendliche gingen wir bei Gewitterluft regelmäßig zum Angeln an die Süderbäke oder an das Aper Tief, weil dann besonders die Aale gut bissen. Angst bei Gewitterluft kannten wir nicht, trotz der theatralischen Auftritte meiner Mutter. Hier im Auto, inmitten der ungeschützten Autobahn, fühle ich mich dagegen ausgeliefert. Unterbewusst befürchte ich, dass Metall Blitze anziehen kann, auch wenn es immer heißt, im Auto sei man sicher. Da, schon wieder ein Riesenblitz!»21,22, 23,24«. Der Donner. Nur noch 4 km.gleich nach Triptis wird es mich voll erwischen. Vier Stunden Gesamtfahrtzeit kann ich abhaken. Hoffentlich gibt es keine Unfälle und Staus! Tote gab es in der Vergangenheit in dieser Gegend schon mehr als genug, da braucht es mich nicht auch noch. Nicht jetzt! Nicht hier! 21.21 Uhr. Triptis, weltweit für seine Porzellanherstellung bekannt, national mit Rodaborn für die erste Autobahnraststätte Deutschlands, die mit dem Bau der Reichsautobahn Leipzig – Nürnberg im Olympiajahr 1936 eröffnet wurde. Ist der Hitler hier in seiner offenen Mercedes Limousine vorbeigefahren oder ist der auf dem Weg von Berlin zum Berghof nur darüber hinweg geflogen? Hinweis: Berlin 252 km. Mir ist Triptis zudem wegen Napoleon und der Doppelschlacht bei Jena und Auerstedt ein Begriff, weil wechselweise preußische, sächsische und französische Truppen die Stadt aufsuchten und plünderten.Danach herrschte hier, wie in so vielen Regionen, durch die die Schlächter zogen, größte Not. Im Moment ist Triptis für mich der Ort, an dem mich die Naturgewalten von Donner, Blitz, Regen und Sturm vereint angreifen. Jetzt blitzt und kracht es im Sekundentakt. Blitz,»21«, Donner. Ich befinde mich mitten im Inferno! Wie heftig wird es werden und wie lange dauern? Gerate ich in mein individuelles Endgefecht? Teilweise zucken mehrere Blitze gleichzeitig am Himmel und leuchten die ganze Umgebung sekundenlang taghell aus. Auf der Fahrbahn steht das Regenwasser, wird weitfächrig von den vereinzelt immer noch mit einem Affenzahn durchpreschenden BMWs nach allen Seiten hochgeschleudert und mir als Schlammpackung übergestülpt. Den Scheibenwischer auf höchster Stufe betätige ich die Waschanlage in kurzen Intervallen. Genau das Schreckenszenario, welches ich mir ersparen wollte. Ich muss mich voll konzentrieren, verkrampfe ein wenig hinter dem Lenkrad. Vorbei das relaxte, weltentrückte Dahingleiten.

Vereinzelte Fernlichter der Gegenfahrbahn blenden, reflektieren in den dicht fallenden Schauern und den aufgeschlagenen und abrinnenden Wassertropfen der Windschutzscheibe. Das eigene Scheinwerferlicht verschluckt der dunkle nasse Asphalt. Die Sicht ist kaum freizuhalten. Wisch-Wasch, Wisch-Wasch, Wisch-Wasch. Zosch! Iii-Aar, Iii-Aar, Iii-Aar. Zisch, Zisch, Zisch. Wisch-Wasch, Wisch-Wasch, Wisch-Wasch. Ich verringere die Geschwindigkeit, bleibe aber in der mittleren Spur, um der Dauerbesprühung des vorangehenden Verkehrs etwas auszuweichen. Der Wagen zieht leicht nach links. Aquaplaning oder eine Böe des jetzt stürmischen Windes. Ich bin noch zu schnell, werde langsamer. Da überholt mich wieder einer links, den ganzen Schmutz auf meine Haube und Windschutzscheibe werfend. Zosch! Iii-Aar, Iii-Aar, Iii-Aar. Zisch, Zisch, Zisch. Wisch-Wasch, Wisch-Wasch, Wisch-Wasch. Wird der Scheibenreiniger reichen? Ich habe ganz und gar vergessen, ihn vor der Abfahrt aufzufüllen. Ohne müsste ich sofort rechts heranfahren, weil die Scheiben durch die Schmutzwassergaben und das Wischen in Sekundenschnelle völlig verschmieren und undurchsichtig werden. Ich reihe mich lieber rechts ein und halte größeren Sicherheitsabstand. Dadurch entgehe ich auch etwas der Dauerbesprühung. Der Wind ist mittlerweile ein ausgewachsener Sturm, der Himmel flächendeckend von den Riesenblitzen zerfetzt, die breit und grell zuckend aus höchster Höhe kommend bis tief hinunter in den Boden zu krachen scheinen. Der Regen kommt so dicht, dass man kaum noch die Umrisse der vor einem fahrenden Fahrzeuge erkennt, nur noch deren rote Rücklichter, die langgezogen im Asphaltwasser reflektieren. Das Tempo sinkt allgemein. Nur noch etwas über 60. Hoffentlich kommt der Verkehr nicht ganz zum Erliegen. Stunden bei dem Unwetter im Stau zu stehen, würde mir gerade noch fehlen. Ich will den Termin nicht verpassen, darf ihn nicht verpassen, will nur noch einmal bei ihr sein. In Kürze erreiche ich das Hermsdorfer Kreuz. Wenn es so weiter schüttet, werde ich ein paar Minuten Pause machen müssen. Ich sehe fast nichts mehr, taste mich mehr voran als souverän zu lenken. Wiederholt zieht es den Wagen ein wenig aus der Spur. Die Niederschlagsmengen sind mittlerweile so massig, dass sie nicht mehr schnell genug abfließen können. Bei jeder kleinen Senke in der Fahrbahn bilden sich größere Pfützen, die die Geschwindigkeit merklich abbremsen wie das Bremsbrett einer Schiffschaukel auf dem Rummelplatz. Sorgen machen mir die vereinzelten Raser auf der linken Spur. Können sie ihr Fahrzeug richtig einschätzen? Was ist mit den verängstigten Fahrern vor mir? Sie können mir mit ihrer Unsicherheit ebenfalls gefährlich werden. Hoffentlich wächst es sich nicht zu einem Jahrhundertunwetter aus, wie 2002. Falls das momentane Ausmaß anhält, muss ich die Fahrt eventuell sogar ganz abbrechen.

  Mit der Geschwindigkeit bleibe ich lieber unten, versuche, die Spur und genügend Sicherheitsabstand zu halten. In der Literatur und im Theater kündigt sich mit dem Gewitter immer ein Unglück an. Ich hoffe, hier nicht. Die starken Regenfälle, kombiniert mit der einsetzenden Dunkelheit und überhöhter Geschwindigkeit, stellen objektiv eine Gefahr dar. Ein sich überschätzender Fahrer kann vielen zum Verhängnis werden. Wie oft hat es in solchen Konstellationen schon ordentlich gekracht, sind Menschen umgekommen! Im Augenblick bin ich voll auf das Unwetter fokussiert. Alle Gedanken an dich und sie sind ebenso verflogen wie meine Fähigkeit, dem Quiz zu folgen. Zudem haben sie das Radioprogramm bereits mehrmals unterbrochen, um Unwetterwarnungen herauszugeben. Franken, Sachsen und Thüringen hat es offensichtlich schon früher voll erreicht. Dort, wo das Unwetter bereits wütete, sind Überschwemmungen und Sachschäden zu verzeichnen. Wiederholt war von umgefallenen Bäumen und vollgelaufenen Kellern die Rede.

Wir Menschen glauben immer, alles im Griff zu haben. Aber wenn die Urkraft der Natur mit Dürre, Feuer, Wasser oder Sturm zuschlägt, stehen wir in der Regel hilflos wie ein unbeholfenes Kleinkind daneben und müssen uns mit der Rolle begnügen, uns zuerst selbst in Sicherheit zu bringen und später die entstandenen Schäden zu beheben. Einem Unicefbericht zufolge werden jährlich mehr als 200 Millionen Menschen von schweren Naturkatastrophen heimgesucht, was der Gesamtbevölkerung Deutschlands, Frankreichs und Italiens entspricht. Die Hälfte der Opfer sind Kinder. Statistisch belegt steigen sowohl die Häufigkeit als auch die Einzelschäden solcher unbeherrschbaren Naturkatastrophen. Nicht wenige Menschen sehen darin Vorboten der Apokalypse, wie sie in der Bibel beschrieben wird, so angeblich auch der deutsche Papst Benedikt XVI. Julia war ebenfalls davon überzeugt und registrierte aufmerksam alle Statistiken über Naturkatastrophen. »Man muss nur in der Bibel nachlesen. Da steht alles genau beschrieben!« So befürchtete sie auch nie wie ich eine atomare Katastrophe zwischen den USA und der Sowjetunion, beziehungsweise zwischen West- und Ostblock, wie es sie am 23. 9.1985 beinahe gegeben hätte. »Mach dir keine Sorgen. Die finale Auseinandersetzung findet zwischen Nord und Süd statt, zwischen Moslems und Christen, nicht zwischen West und Ost!« Betrachtet man die Fakten, kann man nachdenklich werden. In der arabischen Welt wurde diese »Mutter aller Schlachten« bereits mehrfach thematisiert und gefordert. War nicht auch der Anschlag auf das World Trade Center der wiederholte Versuch, diese »Mutter« zu aktivieren?

Die meisten großen Naturkatastrophen ereignen sich derzeit noch weit von uns entfernt und werden von der veröffentlichten Meinung unterschiedlich wahrgenommen. Dabei kann man nicht unbedingt davon ausgehen, dass das größte Unglück auch die größte mediale Aufmerksamkeit erfährt. Der Hurrikan »Katrina«, bei dem im August 2005 eintausend Menschen ums Leben kamen, beherrschte die Medien lange Zeit vor allem deshalb, weil er die von Touristen so geliebte Altstadt von New Orleans beschädigte und die Fernsehanstalten wunderbar die mächtig über die Kaimauern brechenden Wellen zeigen konnten, die Häuser und Straßen überflutend eine Spur der Verwüstung hinterließen. Schon im Vorfeld wurde ein Spannungsbogen aufgebaut, standen Reporter mit vom Sturm zerzausten Haaren an den Deichen und mutmaßten, wo demnächst die aufgeweichten Dämme brechen und welchen Schaden die dann hereinbrechenden Fluten anrichten könnten. Knapp zwei Monate nach »Katrina« verwüstete Hurrikan »Stan«, immerhin der zehnte atlantische Hurrikan in 2005, weite Gebiete Mittelamerikas, löste riesige Überschwemmungen, Erdrutsche und Schlammlawinen aus. Über 2000 Menschen kamen dabei ums Leben, was bei uns in den Medien aber nicht so zur Kenntnis genommen wurde. Die Dramaturgie passte nicht, und wer kennt schon die Landstriche Mittelamerikas?

Die Bilder einer bis auf die vorstehenden Knochen abgemagerten Frau, die ein fast lebloses Kleinkind kraftlos an ihren schlaffen und ausgetrockneten Brustlappen nippen lässt, die schon lange keinen einzigen Tropfen Muttermilch mehr enthalten, umringt von Tierkadavern, auf denen sich Heerscharen von Fliegen leckend und schlürfend niederlassen, können einem leicht den Appetit verderben. Solches Leid sieht man nicht gern vorm Hauptfilm des abendlichen Fernsehprogramms. Hungerkatastrophen infolge von Dürre, wie sie in einigen Staaten Afrikas fast an der Tagesordnung sind und es aufgrund des Klimawandels mittelfristig noch häufiger sein werden, bei denen Hunderttausende von Menschen, oft Kleinkinder mit ihren ausgelaugten Müttern, beklagenswert zugrunde gehen, werden deshalb medial kaum wahrgenommen. Ein über einen längeren Zeitraum langsam dahinsiechender Mensch, der irgendwo qualvoll im Staub des ausgedorrten Landes verendet, ist nicht so telegen wie die vom Sturm hochgepeitschten Wellen an New Orleans Kaimauern. Spendenaufrufe zu Weihnachten, garniert mit nicht allzu erschütternden Bildern, und gut ist es.

Mittlerweile nehmen auch bei uns die heftigen Unwetter und deren enorme Schäden zu. Meine erste Wahrnehmung einer Naturkatastrophe war die große Sturmflut 1962 in Norddeutschland, unter der besonders Hamburg zu leiden hatte. In jüngster Zeit sind bei uns vor allem Stürme mit Orkanstärke auf dem Vormarsch. Erinnern kann ich mich noch an den sogenannten »Niedersachsen Orkan«, der 1972 mit teilweise 170 Stundenkilometern über das Land fegte, Bäume entwurzelte, Häuser abdeckte und mindestens 37 Menschen in den Tod riss. Ich sehe es noch vor mir, wie die PKW auf dem Parkplatz der Firma, bei der ich damals eine Lehre absolvierte, einige Zentimeter angehoben und dann wieder fallen gelassen wurden, wie Menschen, die, sich weit nach vorn gebeugt gegen den Sturm vorkämpfend, immer wieder den Schutz der Häuserwände suchten, um nicht hinweggefegt zu werden. Das Orkantief »Lothar« 1999 mit Spitzengeschwindigkeiten bis zu 272 Stundenkilometern erlebte ich in Paris. Es hinterließ in

ganz Westeuropa eine Schneise unglaublicher Verwüstung, was die Versicherer fast verzweifeln ließ. Ganze Wälder wurden ausradiert, riesige Bäume wie Streichhölzer umgeknickt. Orkan »Kyrill« mit Windgeschwindigkeiten bis zu 225 Stundenkilometern beeinträchtigte 2007 das öffentliche Leben in weiten Teilen Europas. Allein in Deutschland kamen 13 Menschen ums Leben, und es entstand ein Sachschaden in Höhe von über 2 Milliarden Euro. Was kommt als nächstes?
Wie mag es augenblicklich den Menschen entlang der Elbe angesichts dieser Niederschlagsmengen ergehen? Seit dem Elbhochwasser von 2002 reagieren sicherlich viele panisch, wenn wie jetzt ein größeres anhaltendes Regengebiet naht. Wie war das damals? Anfangs dachte man: »Na, gut, es regnet halt. Das wird schon wieder aufhören!« Schließlich bezeugt uns der Regenbogen Gottes diesbezügliches Versprechen. Und dann hörte es einfach nicht mehr auf. Tagelang. Es regnete und regnete und regnete. Ganz allmählich akkumulierten die Wassermassen aus den Flussoberläufen und Nebenflüssen, die Pegel begannen bedrohlich zu steigen, erste Dämme brachen, Fluten schwappten in flussnahe Ortschaften, Keller liefen voll, dann die Wohnzimmer, und urplötzlich begriff man, dass dieser simple Regen einem nicht nur Hab und Gut zerstörte, sondern auch nach dem eigenen nackten Leben trachtete. So schlimm wird es heute hoffentlich nicht werden, wenn ich bei Vockerode die Elbe überquere. Mir geht es ohnehin elend genug, da kann die Apokalypse ruhig noch ein wenig warten.
Bereits 21.31 Uhr. Regen. Regen. Regen. Dazu Sturm, Donner und Blitz. Ihre persönliche Apokalypse erlebten hier, wie in vielen anderen deutschen Städten, auch die unzähligen Kriegsgefangenen im Zweiten Weltkrieg. In Hermsdorf, dem nächsten Ort, waren etwa dreieinhalb-

tausend Kriegsgefangene in der Hermsdorf-Schomburg Isolatoren GmbH zwangsbeschäftigt, darunter viele Kinder und Jugendliche aus Polen und der Sowjetunion. Aufgrund hoher Arbeitsbelastung bei zu wenig Nahrung lag die Sterberate sehr hoch, weshalb hier allein 140 Kinder und Jugendliche aus der Sowjetunion den Tod fanden. In der Firmenchronik des Unternehmens steht darüber allerdings kein einziges Wort. Soll ich eine Pause einlegen? Das ergibt eigentlich keinen Sinn. Einen absehbaren Schauer könnte ich kurz abwarten und danach weiterfahren. Aber so? Wer weiß, wann das aufhört? Mittlerweile habe ich mich etwas an die Verkehrs- und Wetterlage, die Lichtverhältnisse, die Wischerbedienung und deren Geräusche gewöhnt. Bis Osterfeld sind es nur noch gut zehn Minuten, dann hätte ich die Hälfte geschafft. Dort habe ich oft Rast gemacht, wenn ich die Fahrt halbierte. Das Hermsdorfer Kreuz ist für mich der Scheidepunkt zwischen Geist und Gewalt. Östlich geht es Richtung Chemnitz, Freiberg und Dresden zu Schlächtern wie Wallenstein, Friedrich II., Napoleon und Hitler, dorthin, wo das Land nicht nur einmal knietief in Blut, Gewalt und Zerstörung versank. Westlich geht es, wenngleich auch nicht vollkommen verschont, nach Eisenach, Erfurt, Weimar und Jena zur Hochburg deutschen Geisteslebens mit Luther, Goethe und Schiller an der Spitze.

Chemnitz und Dresden kenne ich nicht, obwohl ich mir die schönste Frau der Welt im Semperbau und die wiederaufgebaute Frauenkirche gern einmal angeschaut hätte. Vielleicht hielt mich bisher ein inneres Grauen davon ab, diese blutdurchtränkte Region zu betreten. Chemnitz wurde gleich mehrmals heimgesucht. Mal von Feinden, mal von Freunden. Das Ergebnis war stets dasselbe: Happige Zahlungen, Unterbringung und Versorgung der Truppen, Verwüstung, Raub, Brand, Mord, Folterungen, Vergewaltigungen. Am Ende standen von 960 Häusern nur noch 270, die Einwohnerzahl war von fünftausendfünfhundert auf dreitausend dezimiert. Die Schlacht bei Freiberg 1762 war das letzte große Gefecht Friedrich II. im Siebenjährigen Krieg, wobei fünftausendvierhundert Menschen ihr Leben im Kampf verloren und über viertausend ihre Freiheit. In der Schlacht bei Dresden zwischen den Franzosen unter Napoleon und dem Hauptheer der Verbündeten unter Fürst Schwarzenberg im Jahre 1813 errang der Korse einen seiner letzten Siege auf deutschem Boden, was mindestens fünfundzwanzigtausend direkt an der Schlacht beteiligten Menschen ihr Leben kostete, weiteren fünfundzwanzigtausend Verwundeten ihre Gesundheit, zwanzigtausend ihre Freiheit, von den üblichen Schädigungen an Mensch, Tier und Vermögen im Zivilbereich mal ganz abgesehen. Hitler schließlich zeichnete allein bei der Bombardierung Dresdens im Februar 1945 für eine gleich hohe Zahl an Menschenopfern verantwortlich, allerdings vorwiegend unter der Zivilbevölkerung, als die ganze Stadt völkerrechtswidrig von den Briten in Schutt und Asche gelegt wurde.

Die Region westlich vom Hermsdorfer Kreuz ist im allgemeinen Bewusstsein mit den großen Geistern verbunden, die hier wirkten. Die meisten Zeitgenossen verbinden Erfurt mit Luther, Jena mit der ehrwürdigen Universität, deren berühmte Lehrende und Lernende Jena Anfang des 19. Jahrhunderts den Beinamen »Stapelstadt des Wissens« bescherten. Ab 1807 war Goethe für bestimmte Bereiche des Lehrbetriebes zuständig, was vor allem die Naturwissenschaften stärkte. Schiller übernahm, wenngleich Philosoph, eine Professur als Historiker. Daneben lehrten Fichte, Hegel, Schelling und August Wilhelm von Schlegel, studierten hier Novalis, Hölderlin, Brentano, Arndt und Marx, erfuhr die Romantik ihre Prägung. In mein Bewusstsein trat Jena erst, als es im Februar 1987 Partnerstadt von Erlangen wurde. Dieses Ereignis weckte nach der Wende mein Interesse, die Region um Jena kennenzulernen. In einem Jahr überredete ich Julia, im Sommer nicht immer nur nach Italien zu fahren, sondern nach und nach mit mir gemeinsam die neuen Bundesländer zu erkunden. Es störte mich einfach, so wenig über diesen Teil Deutschlands zu wissen.

Als ehemalige DDR Bürgerin war sie nicht so begeistert, hatte auch Bedenken wegen des Wetters, erklärte sich aber schließlich zähneknirschend zur Mitfahrt bereit. So reisten wir in diese Region und besuchten einige Städte. Überall gewann ich den gleichen Eindruck. Die Städte waren wunderbar und aufwendig restauriert und mit Fußgängerzonen und Einkaufsmeilen versehen worden, wie wir es aus den siebziger Jahren in den alten Bundesländern kennen. Nur leider fehlte hier aufgrund von Arbeitslosigkeit und Abwanderung das kaufkräftige Potential, weshalb fast jedes zweite Geschäft bereits wieder leer stand. Wir logierten in einem gewöhnungsbedürftigen Ferienhaus und besuchten Gotha, diese für die deutsche Arbeiterbewegung bedeutende Stadt, wandelten in Eisleben, Mansfeld, Eisenach und Erfurt auf Luthers Spuren, begegneten Bach, fanden Hildburghausen und Günthersdorf ganz lustig und wanderten abschließend einen ganzen Tag auf dem Rennsteig. Am Abend saßen wir hin und wieder mit dem Vermieter beisammen, einem mordenden Napoleon der Wälder mit hunderten von Geweihen abgeknallter Hirsche an den Wänden, und hörten uns an, wie er im Alleingang beinahe den Sozialismus abgeschafft hätte. Es war hier mit den SEDlern wie in meiner Jugend mit den NSDAPlern: Es hatte praktisch keine gegeben. Nur Widerstandskämpfer. Innerer Widerstand, selbstredend!

Natürlich, tief bewegt, besuchten wir auch Weimar und

Buchenwald. Jede Schulklasse sollte diese beiden Orte besuchen, weil man hier im Abstand von nur 10 Kilometern dem Genius Loci der Klassik und der Grausamkeit des 3. Reiches begegnet, beides kulturelles Erbe unseres Volkes. An exakt der Stelle, an der Goethe 1780 sein »Wandrers Nachtlied« schrieb, errichteten die Nazis 1937 das KZ Buchenwald, in dem sechsundfünfzigtausend Menschen den Tod fanden, so auch Ernst Thälmann, der dort unmittelbar nach seiner Einlieferung per Genickschuss ermordet wurde. Makaber an Buchenwald: nach Abzug der Amerikaner errichtete die Sowjetarmee dort das »Speziallager Nr. 2«, in dem die »Befreier« zwischen 1945 und 1950 ihrerseits siebentausend Menschen töteten, darunter wiederum Sozialdemokraten und, Ironie der Geschichte, befreite ehemalige Insassen des vorherigen Konzentrationslagers.

Weimar begegnete mir erstmals im Zusammenhang mit Goethe als Zentrum deutscher Kultur. Zu dessen Zeit lebten in dem kleinen Herzogtum insgesamt etwa neunzigtausend Einwohner, davon noch nicht einmal siebentausend in Weimar selbst. Dazu gab es innerhalb der Stadtmauern ungefähr dreitausend Schweine, über die man dauernd stolperte oder in deren Kot man unversehens trat wie auch das Genie beim Verlassen seines Hauses: »Wenn ich meine Tür aufmache, dann trete ich auf Kot und ich möchte das nicht!« Die Häuser, bis auf wenige Ausnahmen, bestanden aus Weidengeflecht, Lehm und Strohdächern. Das Flüsschen Lotte war eine stinkende Kloake, in die die Weimarer ihre Abfälle warfen. Die Nachttöpfe wurden einfach durch das geöffnete Fenster auf die Straße entleert, was etwa mit Eintreffen Goethes in Weimar erst nach 23 Uhr erfolgen durfte. Die Bevölkerung war arm, Kriminelle und Bettler säumten die engen winkligen Straßen. Gestohlen wurden Naturalien, da nur wenig Bargeld im Umlauf war. Der Alltag der Bürger war steter Kampf gegen Wanzen, Flöhe und

Ratten, herumstreunende Hunde bargen die Gefahr der Tollwut in sich. Wiederholt kam es zu Massenepidemien und Großbränden. Herder bezeichnet Weimar als »das unselige Mittelding zwischen Hofstadt und Dorf«, Wieland spricht vom »armseligen Weimar, in dem es immer an allem fehlt«, Merck von einem »Dreckwesen« und Schiller klagt: »Es gefällt mir hier mit jedem Tage schlechter; es ist überall besser als hier«. Goethe nennt es »Loch« und bleibt ebenfalls.

Das folgenreichste Ereignis für Weimar war die Flucht der Preußen durch ihre Stadt und die anschließende Plünderung seitens der Franzosen nach der Doppelschlacht bei Jena und Auerstedt. Im Kampf verloren fast fünfzigtausend Soldaten ihr Leben und Preußen die Schlacht. Noch in derselben Nacht zogen aufgeputschte marodierende napoleonische Soldaten plündernd durch Weimar. Ich las vom Hämmern an Türen, aufgebrochenen Schlössern, zerschlagenem Mobiliar, geraubten Wertgegenständen, ausgeräumten Vorratskammern, von Brand und Lebensgefahr, begleitet von wilden Gesängen, Misshandlungen und Vergewaltigungen. Auch Goethe wurde auf der Treppe seines Hauses am Frauenplan lebensgefährdend von den Degen marodierender Soldaten bedroht. Nur dem entschlossenen vollen körperlichen Einsatz seiner langjährigen Lebensgefährtin Christiane Vulpius und einigen ausgehändigten silbernen Leuchtern verdankt er sein Überleben in jener Situation. »Aber erlitten habe ich etwas vom 14. Oktober an, auch etwas physisches das mir noch zu nahe steht um es ausdrücken zu können.« Diese Aussage bezieht sich wohl eher auf die Ereignisse in seinem Schlafzimmer, in welches er floh und in dem ihn die Vulpius erneut vor zwei nachsetzenden Soldaten rettete. Er, der allseits Hofierte und Bewunderte, der seine Briefe gern mit den Worten »Lieben sie mich!« beendete, erfuhr urplötzlich lebensbedrohliche

Ablehnung. Er, der den Tod mied und ihn für sich selbst kategorisch ignorierte, sah sich ihm urplötzlich unmittelbar ausgesetzt. »Die Heiligkeit einer wahren Ehe beruht in der Hingabe an ein einziges Wesen.« Goethe, sonst ein Meister in der Kunst des sich Beschränkens, war dieser Tugend nicht fähig. Dennoch heiratete er Christiane aus Dankbarkeit für seine Errettung fünf Tage später, nachdem er zuvor 18 Jahre in wilder Ehe mit ihr gelebt und den mittlerweile 17-jährigen Sohn August gezeugt hatte. Als Gravur für die Ringe wählte er das Datum seiner Bewahrung, zugleich jenes der blutigen Schlacht bei Jena: 14. Oktober 1806. Bemerkenswert ist, dass Goethe bei der drohenden Gefahr nicht sein literarisches Werk, sondern seine Farbenlehre sichern wollte. Diese erste und einzige umfassende Farbenlehre, die es überhaupt gibt, an der er 20 Jahre seines Lebens arbeitete und über die er noch wenige Stunden vor seinem Ableben sprach, brachte ihm nur die Verachtung und den Spott der Fachwelt ein. Dennoch glaubte er unbeirrbar an ihren Wahrheitsgehalt und mokierte sich seinerseits über Newtons Lehre. Trotz des lebensbedrohlichen persönlichen Zusammentreffens mit den direkten Folgen napoleonischen Machtstrebens verehrte Goethe den Korsen weiterhin. Einem ersten Treffen unmittelbar nach der Schlacht wich er zwar aus, weil er dem Genie der Macht ebenbürtig als Künstlergenie und nicht als Stellvertreter Carl Augusts begegnen wollte, zeigte sich von späteren Begegnungen jedoch sehr geschmeichelt. »Ich will gern gestehen, daß mir in meinem Leben nichts Höheres und Erfreulicheres begegnen konnte als vor dem französischen Kaiser, und zwar auf solche Weise zu stehen.« Der Vulpius schrieb er stolz: »Der Kaiser von Frankreich hat mir den Orden der Ehrenlegion gegeben, und so wirst Du mich besternt und bebändert wiederfinden.«

Jahre später, nach seinem katastrophalen Russlandfeldzug, auf dessen Rückzug er fahnenflüchtig seine Truppe im Stich und elendig in Hunger und Eiseskälte hatte umkommen lassen, um sich in einem bequemen Schlitten in Sicherheit zu bringen, kam der so verehrte Napoleon bei eisiger Kälte nachts noch einmal durch das schlafende Weimar, wo »le très Gelé« auf eine schäbige Postkutsche wechseln musste. Noch vor kurzem hatte er zur Befriedigung seiner Machtgelüste hunderttausende eigene Soldaten qualvoll verenden lassen, ohne mit der Wimper zu zucken: »Die Gesundheit Ihrer Majestät ist nie besser gewesen.« Jetzt, im Vorbeifahren, noch schnell Grüße an »Monsieur Göt«. Ein scheinbar kultivierter Herr, dieser Herr Bonaparte.

Von den über sechshunderttausend am Russlandfeldzug beteiligten napoleonischen Soldaten kehrten am Ende nicht einmal mehr vierzigtausend zurück. Einer von ihnen war ein gewisser Swer Meyer aus Apen. Viele der Heimkehrer, verkrüppelt, ohne Nasen, Ohren und Zehen, rochen so entsetzlich nach verfaulendem Fleisch, dass die Menschen vor diesen Untoten zurückschreckten. Hinzu kommen die gefallenen russischen Soldaten und die ungezählten Zivilopfer, die den Raubzügen der Soldateska oder den durch Heeresdurchzüge ausgelösten Epidemien und Hungersnöten erlagen. Insgesamt geht man heute von einer Millionen Opfern allein beim Rußlandfeldzug aus. Addiert man nur die Gefechtstoten der großen Schlachten Napoleons, zählt man allein auf französischer Seite – ohne Zivilopfer – problemlos 1,5 Millionen Tote. Manche Historiker sprechen von 1,7 Millionen, andere von 2,6 Millionen französischen und 3,5 Millionen ausländischen Kriegsopfern. Direkte Opfer, wohlgemerkt. Napoleons spätere Verbannung nach St. Helena kommentierte Goethe gegenüber Eckermann so: »Wenn man bedenkt, dass ein solches Ende einen Mann traf, der das Leben und Glück von Millionen mit Füßen getreten hat, so ist das Ende, das ihm widerfuhr, immer noch sehr milde.« Der ebenso wie Napoleon allseits geschätzte und geachtete Friedrich II., genannt der Große, opferte allein in den drei Schlesischen Kriegen einhundertundachtzigtausend preußische Soldaten, was 6 % der damaligen preußischen Gesamtbevölkerung entsprach! Muss man vor solchen Schlächtern wirklich Hochachtung haben, ihre meist kurzzeitigen und fragwürdigen Erfolge würdigen? Im Geschichtsunterricht begegnete mir Weimar wieder, als die Weimarer Republik behandelt wurde und über die 1919 im Deutschen Nationaltheater zusammengetretene verfassungsgebende Nationalversammlung gesprochen wurde. Bis 1933 gab die Stadt der ersten Deutschen Republik ihren Namen. Erst spät im Leben brachte ich Weimar, Walter Gropius und das Bauhaus in Zusammenhang. Für Julia, obwohl großer Goethe Fan, die vor allem aus dem »West-östlicher Diwan« zu zitieren pflegte, blieb die Reise eine Enttäuschung, da ihr vor allem die lauen Sommerabende Italiens fehlten. Als Naturwissenschaftlerin hatte sie auch kein besonderes Interesse an geschichtsträchtigen Orten, hielt mir aber einen längeren engagierten Vortrag über den sie faszinierenden Gingkobaum, an dem wir zufällig vorüberkamen.

21.42 Uhr. Soeben habe ich Eisenberg passiert. Ich bin langsamer geworden. Hinweis: Berlin 224 km. Eisenberg ist als Siedlungsort schon in der Steinzeit nachweisbar. In der Nazizeit leisteten hier kleine sozialdemokratische und kommunistische Gruppen aktiven Widerstand gegen die NSDAP. Ein Kreis um die Sozialdemokraten Heinz Schubert und Friedrich Singer verbreitete Aufklärungsschriften. Georg Kunze, Zweiter Bürgermeister der Stadt und kommunistischer Widerstandskämpfer, wurde ab 1933 wiederholt verhaftet und 1941 endgültig im Gefängnis Ichteshausen inhaftiert, wo er 1942 ermordet wurde. In den fünfziger Jahren gründete sich der »Eisenberger Kreis«, eine aus Oberschülern bestehende Widerstandsgruppe, die Aktionen gegen die SED-Herrschaft plante und durchführte. Dies nenne ich eine ehrenhafte Tradition. Seitdem ich von diesen Vorgängen weiß, passiere ich den Ort stets mit großem Respekt und stehe dem zögerlichen Kreis um Stauffenberg noch reservierter gegenüber. Ein mutigerer Mann, fällt mir gerade ein, war beispielsweise ein gewisser Friedrich Staps, ein Kaufmann, der 1809 einen Attentatsversuch auf Napoleon versuchte, scheiterte und verhaftet wurde. Auf die Frage Napoleons »Würden Sie es mir danken, wenn ich Sie begnadigte?« antwortete er spontan: »Ich würde Sie doch zu töten versuchen, denn dies ist kein Verbrechen, sondern eine Pflicht!« Wenn es bei Napoleon schon bei einem Zivilisten eine Pflicht war, einzugreifen, was war es dann bei Hitler für einen Militär? Der Christ Staps hatte Zivilcourage, wofür er auch umgehend erschossen wurde. Menschen mit Zivilcourage mag kein Schlächter.

Jetzt verlasse ich Thüringen und komme nach Sachsen-Anhalt. Wer hat sich nur den dürftigen Slogan »Willkommen im Land der Frühaufsteher« ausgedacht? Hat dieses Bundesland wirklich nicht mehr zu bieten als diese Plattitüde? Wieder eine Programmunterbrechung. In manchen Landesteilen ist die Feuerwehr im Dauereinsatz, auf den Autobahnen südöstlich von mir kommt es zu Auffahrunfällen und Stauungen. Die bisherige Unwetterfront scheint sich nordwestlich vorzuschieben und mir dadurch die ganze Fahrt über erhalten zu bleiben. Die unglaublichen Blitze machen mir Angst. Greift der Teufel nach mir? Im 19. Jahrhundert starben über 300 Blitzopfer pro Jahr, jetzt sind es zwar nur noch 10, aber immerhin 150, die zum Teil erheblich verletzt werden. Mit dem Klimawandel kommt es auch bei uns zu Tropengewittern mit über das Bundesgebiet verteilten einhundertundfünfzigtausend Blitzen, die jeweils bis zu dreißigtausend Grad heiß werden und enormen Schaden anrichten können. Kann es in der Hölle überhaupt heißer werden?

In Lignano, wo Julia und ich auf unserem kleinen Schiffchen im Sommer und an Feiertagen Urlaub machten, erlebten wir ebenfalls einmal ein kurzes, aber heftiges Unwetter. Während Lignano selbst weniger betroffen war, warf der Sturm in Bibione und Jesolo ganze Schiffe weit an Land. In der Regel war das Wetter in Italien verlässlicher als in unseren Breiten und einer der Hauptgründe, weshalb wir regelmäßig dorthin fuhren. Vor allem die bei uns so raren milden Sommerabende, die wir dort bereits im Frühjahr und noch im Herbst genießen konnten, hatten es uns angetan. Nachteilig waren die langen Anfahrten, stets derselbe Urlaubsort und die Enge des Schiffes. Wie in einem Wohnwagen musste man abends bestimmte Möbel zum Bett umbauen, was ich nicht mochte, weshalb ich auch nie Gefallen an Wohnwagen fand.

Unser Alltagsleben hatte sich eingespielt. Sonntags morgens Gemeinde, abends Tanzkurs, montags Sauna oder Kino, sofern ein ansprechender Film lief, wobei wir ein kleines Fläschchen Rotwein genossen. Dienstags besuchte sie die Gemeinde, während ich die Zeit nutzte, liegen gebliebene Arbeiten zu erledigen oder neue CDs durchzuhören, sofern ich nicht einen zusätzlichen Geschäftstermin wahrzunehmen hatte. Die anderen Abende waren in der Regel verplant, weil wir geschäftliche oder kulturelle Termine wahrnahmen, oft auch eine Kombination aus beiden. Diesen Rhythmus behielten wir während unserer gesamten gemeinsamen Zeit bei. Wir arbeiteten zwar nach wie vor hart, aber genossen die verbleibende freie Zeit sehr bewusst und durchlebten sehr erfüllte gemeinsame Jahre.

Auch mit dir war es eine sehr erfüllte Zeit, wenngleich rein auf das Körperliche und Unterhaltsame begrenzt. Eine Weile schien es, als ob wir unser Liebesverhältnis dauerhaft fortführen könnten. Du hattest deine Woche familien- und sexkompatibel eingerichtet, ich mein bisheriges Leben lediglich um die Varianten Email schreiben, Telefonieren und ausschweifendens wöchentliches Sexleben erweitert. Einzig meine Gefühle bekam ich nicht wie gewünscht in den Griff, weshalb ich sehr intensiv mit dir lebte, wenngleich ohne dich. An meinen zu dir zurückkehrenden Gedanken merke ich, wie sehr ich mich bereits innerlich auf das Unwetter eingestellt habe. Der Mensch passt sich stets den Verhältnissen an, auch den schrecklichsten. Die anfängliche Furcht ist einer konzentrierten Entspanntheit gewichen. Alles scheint im Griff. Vielleicht schaffe ich es doch noch rechtzeitig. Raststätte Osterfeld. Ich muss mich entscheiden. Die Hälfte ist geschafft. Gut zweieinviertel Stunden bin ich gefahren. Wenn ich jetzt Pause mache, verliere ich vermutlich eine halbe Stunde. Das wird sehr knapp, zumal ich davon ausgehe, langsamer fahren zu müssen. Für die zweite Hälfte benötigte ich bisher stets weniger Zeit, aber heute? Andererseits könnte ich durchaus einen Kaffee und einen kleinen Snack vertragen, die Blase drückt auch. Jetzt kommt die Ausfahrt. Noch fünfhundert Meter. Wenn ich jetzt nicht pausiere, muss ich spätestens bei der nächsten Raststätte eine Pinkelpause einlegen. Noch dreihundert Meter. Die nächste Raststätte kenne ich nicht, Osterfeld ist mir vertraut. Nur noch zweihundert Meter. Also gut, pinkeln, Kaffee, Kleinigkeit essen und dann weiter. Hoffentlich bekomme ich einen Parkplatz in der Nähe des Eingangs, sonst bin ich durchnässt, bevor ich das Rasthaus erreiche. Es sieht nicht so aus. Hier am Anfang ist alles besetzt. Die einladenden Lichter der Raststätte inmitten dieses tosenden Unwetters vermitteln mir ein angenehmes Gefühl der Geborgenheit. Sie erinnern mich daran, wie ich früher beim Trampen nachts durch wildfremde Städte lief und sehnsüchtig die warm erleuchteten Fenster der sich scheinbar unter der Nacht duckenden Häuser betrachtete. Damals wünschte ich mir oft, ebenfalls gemütlich daheim sitzen zu können, etwas Gutes zu essen und zu trinken und später in ein warmes kuscheliges Bett zu steigen. Im Moment wünsche ich es mir ebenfalls, aber der Herr hatte schon immer andere Pläne mit mir. Jetzt sehe ich einen freien Parkplatz. Der ist gar nicht so weit vom Eingang entfernt. Erst einmal den Motor ausstellen und diese nervigen Scheibenwischer. Aah, das tut gut! Erholung für Augen und Ohren. Das Licht nicht vergessen, sonst ist hinterher die Batterie leer. Wie mache ich das jetzt am geschicktesten? Ich habe weder eine Regenjacke, noch einen Regenschirm vorn im Auto liegen. Wenn ich aus dem Wagen springe und ohne Schutz zum Eingang hinüberrenne, werde ich pitschenass. Versuche ich, Regenkleidung im Kofferraum zu finden, werde ich erst recht durchweicht, der Kofferraum dazu. Habe ich überhaupt etwas im Kofferraum? Also, Augen zu und durch! Was nass wird, wird auch wieder trocken! Los geht's, Tür auf!

Meine Güte, ich bin ja schon durchnässt, bevor ich ausgestiegen bin und die Autotür wieder geschlossen habe! Als ob ich unter einem riesigen Wasserschwall geparkt hätte. Der Sturm drückt mächtig gegen die Fahrertür und den Regen direkt ins Wageninnere. Ich muss mich mit aller Kraft dagegen stemmen. Wieso habe ich mir keinen Schirm zurechtgelegt, es sah doch den ganzen Tag nach Regen aus. Jetzt aber die Tür zuwerfen, abschließen und dann so schnell wie möglich rennen, egal wie albern es aussieht. Hier geht es nicht um gute Haltungsnoten, sondern um den Durchnässungsgrad. Der Regen schmerzt auf der Haut. Lauter kleine Bombeneinschläge. Ich muss meinen Kopf senken und meine Augen schützen. Jetzt sehe ich nur noch den Boden direkt vor meinen Füßen. Der Sturm pfeift um das Gebäude. Ich werde mich mehr seitlich drehen, um ihm nicht so viel Angriffsfläche zu bieten. Hoffentlich kommt mir keiner in der gleichen Haltung entgegen gerannt, sonst könnte es schmerzhaft werden. Achtung, Bordstein! Den habe ich zum Glück noch gesehen! Das fehlte mir gerade noch, der Länge nach in die nächste Pfütze zu fliegen. Meine Schuhe und Strümpfe sind bereits durchweicht. Das erinnert mich an meinen Schulweg durchs Moor, bei dem ich häufig mit durchnässten Schuhen und Strümpfen in der Schule ankam. Vielleicht ziehe ich sie später im Auto aus und lege sie zum Trocknen unter das Gebläse.

Gott sei Dank, hier beginnt bereits die Überdachung. Geschafft, aber ich bin pitschepatschenass bis auf die Haut. Tagsüber hatte ich triefnasse Kleidung aufgrund des Schweißes, jetzt aufgrund des Unwetters. Das geht auch vorüber. Es ist ganz schön belebt im Gastraum. Die Menschen wirken etwas verstört und besorgt. Besonders die Familien mit Kindern scheinen mir sehr gereizt zu sein. Etliche von den Kleinen quengeln missmutig oder weinen sogar. Ich stelle es mir furchtbar vor, bei diesem Aufruhr der Elemente stundenlang mit ihnen im beengten Auto eingesperrt zu sein. Eine Tortur für Eltern und Kinder. Mein Alptraum als Teenager war die Vorstellung, am Sonntagnachmittag mit frustrierter Ehefrau und drei kleinen Kindern auf der Rückbank im Kleinwagen zu den Schwiegereltern fahren zu müssen. Grauslich! Es sind etliche Einzelplätze an der Fensterfront frei. An der Kasse erkenne ich keine nennenswerten Schlangen, da gehe ich zuerst zur Toilette, dann ist dieser Teil erledigt. Dort kann ich mich auch etwas abtrocknen. Ich tropfe wie ein undichter Wasserhahn, jeder Schritt plitscht und platscht. Heinz Erhardt kommt mir in den Sinn: »Früher war ich Bettnässer, da beschloss ich, später Dichter zu werden!«Ihn, Ringelnatz und Morgenstern habe ich immer gern in die Hand genommen oder zitiert, wenn ein paar Minuten oder eine miese Stimmung zu überbrücken waren. Auch jetzt muss ich schmunzeln, trotz aller widrigen Umstände.

Aha, hier hat der Fortschritt also auch Einzug gehalten. Gitter und Drehtür statt Tischchen und Toilettenfrau. 70 Cent, sonst kann ich nicht passieren. Hoffentlich habe ich jetzt Kleingeld in der Hosentasche. Prima, hier ist ein 50-Cent-Stück, da noch eine 20-Cent-Münze. Dann will ich mal. Früher gab es Toilettenanlagen, die, frei zugänglich, oft nicht in bestem Zustand, dafür an den Wänden jedoch sehr kommunikativ waren, oder solche, die von arg ausgenutztem und unterbezahltem Personal gegen einen freiwilligen Obolus sauber und weniger kommunikativ gehalten wurden. Bei einigen Unternehmern ging die Ausbeutung so weit, das Personal nur für die Zeit unterzubezahlen, die es wirklich in der Toilette mit Reinigen beschäftigt war, also den geringeren Teil des überlangen Arbeitstages. Die Wartezeiten dazwischen wurden nicht entlohnt. Heute betritt man nach den installierten Grenzanlagen keine Toiletten, sondern »Oasen des Wohlgefühls«, in denen man sich quasi »wie daheim« fühlen soll. Nicht gerade, dass eine Polstergarnitur in der Ecke steht. Ich sehe schon die erste Anlage mit Radio, Fernseher und Zeitschriften vor mir oder mit jungen osteuropäischen Frauen und Strichern für den Quickie, die dann auch noch die Toilettenspülung für einen bedienen. Was denkbar ist, ist im Kapitalismus prinzipiell auch machbar.

Das Laufen ist mir unangenehm. Jeder Schritt quietscht und quatscht nach wie vor. Vanyfair, Urimat ohne Chemie und ohne Wasser für unsere Zukunft, Toiletten selbstreinigend. Das lässt mich an eine Bierwerbung denken: Zechen für die Rettung des Regenwaldes! Hier jetzt: Pinkeln für die Zukunft! Zur Psychologie des Pinkelns gibt es sicherlich diverse wissenschaftliche und unterhaltsame Veröffentlichungen. Ich finde es immer lustig, wenn sich neben mir ein Mann breitbeinig wie John Wayne aufbaut, die Hose weitschlägig nach beiden Seiten förmlich aufreißt, mit beiden Händen ganz fest und tief hineingreift, als ob sein bestes Stück an den Schnürsenkeln befestigt und tonnenschwer sei. Realistischere Typen öffnen den Reißverschluss ein wenig, finden mit Daumen und Zeigefinger was sie suchen und bemühen sich, den Ort des Geschehens gegen fremde Blicke hermetisch abzuschirmen. Als Student sammelte ich mit einer Kommilitonin die Sprüche an den Toilettenwänden. Sie bei den Mädchen, ich bei den Jungs. Die der Mädchen waren wesentlich sexistischer, aggressiver und ordinärer als die der Jungs, was mich damals noch sehr überraschte.

Zum Glück gibt es hier neben den elektronischen Trocknern auch noch Papierhandtücher. So kann ich mich ein wenig abtrocknen, um zumindest die triefende Nässe zu entfernen. Warum schauen die mich so verächtlich an? Für 70 Cent muss ordentliches Abtrocknen schon inklusive sein. Außerdem hing am Eingang kein Leistungsverzeichnis, was man für seine 70 Cent in Anspruch nehmen kann. Der Tag, an dem nach Kubikzentimetern, Gramm oder Verweildauer berechnet wird, kommt auch irgendwann. Schließlich arbeitet auch diese Branche permanent an der Gewinnmaximierung. Fertig. Mich mit der nassen Kleidung in den Gastraum zu setzen erscheint mir wenig sinnvoll, obwohl es hier drinnen überraschend warm ist. Ich werde mir etwas zu essen und zu trinken mitnehmen, mich in den Wagen setzen und das Gebläse einschalten. Also, einmal einen großen »Coffee to go«, eine Dose Limo und zwei Käse-Schinken-Baguettes. Das reicht. Jetzt vor zur Kasse. »Alles?« »Ja!« »Bar? Karte?« »Karte!« »Geheimzahl!« Ich tippe die Zahl ein. »Gute Fahrt!« Eines nicht so fernen Tages werden wir uns nur noch unterhalten, indem wir uns Schlagworte oder Befehle um die Ohren hauen. »6?« »TV!« »Krimi?« »Gottschalk!« »Essen?« »Pizzaservice!« »Shit!« »U 2!« Vielleicht sollte ich wenigstens den Kaffee hier trinken. Es könnte leicht geschehen, dass mir der heiße Kaffee auf die Oberschenkel schwappt, wenn ich plötzlich bremsen müsste. Das ist mir schon einmal passiert, und ich hätte damals vor lauter Schreck und Schmerz beinahe einen Unfall gebaut. Ich setze mich am Fenster an einen freien Zweiertisch. Wo all die Leute um mich herum nur hinstreben? Was ist so unaufschiebbar, dass sie trotz aller Warnungen losgefahren sind? Ich bin schon immer gern verreist. Am liebsten als Jugendlicher per Anhalter. Damals hat mir solch ein Regenwetter und Sturm auch nichts ausgemacht. Wenn es zu heftig wurde, suchte ich mir eine geschützte Stelle, wickelte meinen Rucksack in Plastikfolie, kroch in meinen Bundeswehrschlafsack, band auch die Kapuze fest zu und schlief eine Weile. Wenn der Regen dann vorüber war, rollte ich den Schlafsack zusammen, band ihn auf den Rucksack, schwang diesen auf den Rücken und weiter ging es. »Wenn es auch nicht Freiheit war, in fremden Wagen während mancher langer Fahrt, wenn der Motor mit mir sang, hab ich mich, ganz gleich, was vor mir lag, doch frei gefühlt für manche Stunde, manchen Tag.« Wader.

 Für die Raumhöhe und das Unwetter da draußen ist es hier drinnen recht warm und gemütlich. Den offenen Dachstuhl hat man optisch mit Leitern abgehängt und mit bunten Vögeln aus Holz dekoriert, um die Höhe zu nehmen. Kaltspeisen und – getränke werden in kleinen Marktständen angeboten, zwei große künstliche Laubbäume unterteilen den Großraum zusätzlich. Über den Zweier- und Vierertischchen hängen Deckenlampen mit

Schirmchen, die mich an die fünfziger Jahre erinnern. In einer Ecke das geräuschvolle Spielangebot für die Kleinen. Mir gefällt Osterfeld als Kurzaufenthalt. Es ist nicht ganz so steril. Von der A 9 bekommt man hier drinnen akustisch und visuell nicht viel mit, weil diverse Sträucher zwischen Rasthaus und Autobahn Sicht und Geräusche nehmen. Die triefnassen Großfahnen schwingen schwer schlagend an die Masten. Menschen rennen mal in die eine, mal in die andere Richtung. »If the rain comes they run and hide their heads. They might as well be dead. If the rain comes, if the rain comes.« Beatles. Dabei fällt mir ein, dass ich eine Zeit lang gern mit einem Lächeln erzählte, ich hätte mal live mit Paul McCartney »Yesterday« gesungen. Das stimmte sogar, nur sang er auf der Bühne und ich mit anderen Tausenden auf dem Königsplatz in München. Man darf nicht lügen, aber man muss auch nicht jedes Detail erzählen. Das habe ich von Julia gelernt.

Als ich das vorletzte Mal in mein Ferienhaus wollte und von dir erfuhr, du plantest zeitgleich eine einwöchige Fahrradtour, dachte ich natürlich, du würdest diese Fahrt uns zuliebe in meiner Nähe unternehmen. Wir hätten über Nacht oder länger zusammen sein und endlich gemeinsam etwas unternehmen können, statt immer nur ausschließlich Sex zu haben. Weit gefehlt. Auch mein Hinweis, rund um mein Feriendomizil gebe es bekanntermaßen wunderbare Radtouren, konnte dich nicht davon abhalten, an den Rhein zu fahren. Du sagtest, diese Fahrten seien wichtig für dich, du könntest dich dabei wunderbar entspannen und zu dir selbst finden. Ich dachte hingegen, die hättest du tagsüber auch in meiner Gegend unternehmen können. Wir hätten dann zumindest den Abend und die Nacht miteinander verbringen, gemeinsam essen, ins Kino oder auf ein Konzert gehen können. Deine Verweigerung hat mich nachhaltig irritiert. War unsere Beziehung bereits vorbei, ohne dass ich verliebter Gockel es bemerkt hatte, oder warst du nur schlicht ein Produkt unseres Zeitgeistes? Mit mir schlafen, um Alltagspausen zu überbrücken: Ja! Dafür eine Radtour verlegen oder gar auf sie verzichten: Nein! Im umgekehrten Fall hätte ich alles dafür gegeben, diese Gelegenheit zu nutzen, um einmal ein paar Tage am Stück mit dir zusammen sein zu können, dich mehr als Mensch zu erleben und nicht immer nur als Körper. War das nicht normal, wenn man sich gern hatte und sich nur so wenig sah wie wir? Ich wäre dafür auch zu dir an den Rhein gefahren, war aber für diesen Kurzurlaub an das Haus gebunden, weil ich den Garten in Schuss bringen musste. Nachbarn hatten sich bereits brieflich beschwert.

Die ganze Woche hörte ich nichts von dir. Täglich sah ich mehrmals auf das Display meines Handys. Nichts. Aus den Augen, aus dem Sinn. Machtest du diese Solofahrten bewusst, um Spontanerlebnisse zu haben? Warst du doch eine Nymphomanin und ich wollte es nur nicht erkennen? Eva? Ich war sehr enttäuscht und niedergeschlagen, spürte auch, wie sehr ich dich vermisste, wie sehr du bereits Teil meines Lebens geworden warst, auch, wenn ich dich nur zweimal die Woche sah. Nach deiner Rückkehr meldetest du dich und erzähltest mir, dass du ebenfalls sehr traurig gewesen seist. Du hättest mir einige SMS gesandt und ich hätte nie geantwortet. Nach zwei Tagen hättest du dann bei mir anrufen wollen und festgestellt, dass du eine falsche Handynummer gespeichert hattest. In der Folgezeit habe ich sehr viel über dich nachgedacht. Obwohl ich aus Rücksichtnahme nie bei dir anrief, hatte ich sowohl deine korrekte Handy- als auch deine Festnetznummer. Ich wurde traurig mit dir. Der Bühnenmeister gab bereits das Zeichen für den Schlussvorhang.

Mit Julia erlebte ich ebenfalls eine bittere Enttäuschung. Kurz nachdem sie zuerst ihren Sohn und dann ihren Betrieb verloren hatte, gab sie einer großen christlichen Zeitschrift ein mehrseitiges Interview. Tenor: Die allein auf sich angewiesene Christin behauptet sich trotz härtester Schicksalsschläge. Kraft tanke sie nur aus dem Glauben. Gott allein stehe ihr stützend zur Seite. Halleluja! Und wo, bitteschön, war ich dabei geblieben? Wo unsere wunderbare Lebensgemeinschaft? Wir hatten doch keinen »one-night-stand«, sondern lebten seit Jahren wie Mann und Frau zusammen. Glücklich, wie ich glaubte. War ich es nicht, der morgens mit ihr aufwachte, ihr oft einen Tee ans Bett brachte? Der nachts mit ihr schlafen ging und sie solange im Arm hielt, bis sie eingeschlafen war? Der die Nacht mit ihr durchgebetet, sie zum toten Kind begleitet, sie auf der Beerdigung gestützt hatte? War ich es nicht, der sie tröstend in die Arme nahm und ihr Mut zusprach, wenn die Post eine Hiobsbotschaft nach der anderen brachte und sie schließlich ihren Betrieb verlor? War ich es nicht, der ihr Sendezeiten für christliche Botschaften eingeräumt hatte, um ihr Ego wieder aufzubauen, obwohl dies streng genommen nicht zu unserem Rockformat passte? Der ihr mit meinem Unternehmen eine neue Chance geboten und Hand in Hand mit ihr tatkräftig unser neues Leben aufgebaut hatte? Nicht ein einziges Wort über uns auf all den vielen Seiten! Nicht einmal eine indirekte Erwähnung.

Ich kannte und anerkannte ihren Wert für mein Leben, sie den meinen für das ihrige offensichtlich nicht. Zumindest verleugnete sie ihn in der Öffentlichkeit. Wie du, so hatte auch sie eine Erklärung parat: Ich durfte nicht in Erscheinung treten, weil wir nicht verheiratet waren. Als gläubige Christin lebt man nicht in wilder Ehe oder hat vorehelichen Verkehr. Dies hinderte sie aber nicht daran seit Jahren auch sexuell mit mir zusammen zu leben. Ich brauchte sehr sehr lange, bis ich diese Verletzung einigermaßen verdaut hatte. Mehrmals dachte ich gar daran zu gehen, weil sich unser bisheriges Leben mit dem Interview für mich als Farce erwiesen hatte. Allein die wunderbaren Erfahrungen mit ihr in den vorangegangenen schweren Aufbaujahren gaben mir die Kraft und den Willen zu bleiben. Ganz überwunden habe ich diese bittere Enttäuschung allerdings wohl nie. Sie blieb ein Stich mitten ins Herz, der eine weitere nicht vollständig zu stillende blutende Wunde hinterließ. Hatten wir damit bereits den Rubikon unserer Beziehung überschritten?

Zwei Dinge hatten mich besonders getroffen. Einerseits hatte sie mich erstmals öffentlich verleugnet, was ich als tiefgehenden Vertrauensbruch empfand. Tiefes gegenseitiges Vertrauen war aber bisher die Basis unseres Zusammenlebens gewesen. Wie konnte ich weiterhin einem Menschen vertrauen, der offensichtlich eine ganz andere Wahrnehmung oder Wirklichkeit lebte, als von mir gedacht? Andererseits bekam ich erstmals Zweifel bezüglich ihrer christlichen Gesinnung, die ich zuvor niemals in Frage gestellt hatte. Nie hätte ich ihr eine bewusste Lüge zugetraut, aber hier lag eindeutig eine Doppellüge vor. Sie belog sich, weil sie Dinge tat, die sie nach ihrem Selbstverständnis als Christin nicht hätte tun dürfen, und sie belog ihre Glaubensgemeinschaft, indem sie unser nicht christlich abgesegnetes Zusammenleben verleugnete. Darauf angesprochen hatte sie ebenfalls eine Antwort parat: »Man darf nicht lügen, aber man muss nicht alles erzählen!«

Da war sie wieder, diese Notlügenethik, wenn Menschen sich freiwillig Normen unterwerfen, die sie im Alltag kaum erfüllen können. Ich kannte sie bereits hinlänglich aus meinen Kindheitserfahrungen mit der katholischen Kirche, aus diversen Sportvereinen und aus dem Arbeitsleben. Warum können Menschen nicht zu ihren Schwächen stehen? Ich weiß, dass ich fehlerhaft bin, kann in Gesellschaft sagen »Das weiß ich nicht« oder »Das verstehe ich nicht«. Damit habe ich aber bereits den ersten Schritt unternommen, mich zu verbessern. Vielleicht war dies auch der Grund, weshalb sich unser gemeinsam aus der Krise kommender Weg so unterschiedlich entwickelte. Wer sich und sein Verhalten ständig verleugnet, gerät am Ende in eine Sackgasse, aus der es dann kein Entrinnen mehr gibt. So sollte es auch uns ergehen.

Bei dir, Fee, hatte mich dieses für unsere Zeit typische »Ich will alles, und zwar jetzt sofort, koste es, wen und was es wolle!« gestört. Dir reichte nicht, dass du einen wunderbaren Ehemann, eine wunderbare Familie, ein wunderbares Leben hattest, du musstest auch noch die kurze Zeit, die du aufgrund des beruflichen und gesellschaftlichen Engagements deines Ehemannes allein überbrücken musstest, mit einer Liebschaft füllen. Mit einer Liebschaft, die es dir offensichtlich nicht einmal wert war, ein paar Fahrradtouren räumlich zu verlegen, die aber dein ganzes bisheriges Leben auf einen Schlag hätte vernichten können, wenn sie ruchbar geworden wäre. Aber wie ich sie als Menschen liebte, so begehrte ich dich als Frau. Ich wusste ja von Anbeginn, dass ich nur ein begrenzter Zeitvertreib für dich sein konnte. Nach deinem Ehemann und deiner Familie jetzt auch noch hinter dein Fahrrad zurücktreten zu müssen, verletzte mich schwer. Da half auch kein zwanghaftes Einreden: »Es ist doch nur ein supererotisches Beischlafverhältnis!«

In solchen Situationen spielen die Gefühle nicht mit, auch wenn die Ratio eindeutig sagt: »Geh! Geh jetzt! Sofort! Schau dich nicht einmal mehr um!« Wenn man als Mensch Gefühle für einen anderen entwickelt hat, so haben diese in der Regel eine längere Verfallszeit. Sie können im Alltag mittel- oder langfristig aufgerieben werden, verfallen aber grundsätzlich nicht zeitgleich, nur weil der geliebte Mensch eine Verletzung begangen oder einen gar verlassen hat. Der Liebe bedarf man am dringendsten, wenn man sie am wenigsten verdient hat. Man erhält sie, weil sie geduldig, verständig und verzeihend ist. Bei einer Enttäuschung ist man getroffen, traurig, mitunter tief verletzt, aber die Grundeinstellung dem Partner gegenüber bleibt zunächst positiv liebend. Vor allem ist man bereit, Nachsicht zu üben, zu verzeihen. So auch ich bei dir und ihr. »Freud muß Leid, Leid muß Freude haben.« Schon gut, du Dichter der Liebe, wie könnte ich dich bei diesem Thema vergessen.

Gemeinsam mit Julia war ich durch schwerste Zeiten gegangen. Sie hatte mich erwählt, als keine andere mich auch nur eines Blickes würdigte, zu mir gestanden in Situationen, in denen mich jede andere längst vom Hof gejagt hätte. In scheinbar aussichtslosen Situationen hatten wir einander gestützt und ermutigt. Sollte ich all das vergessen, nur weil ich bemerkte, dass sie nicht in der Lage war, ihre christlichen Vorsätze und eigenen Wertmaßstäbe uneingeschränkt einzuhalten? Der Mensch an sich ist willig, aber allzu oft schwach. Auch ich wäre gern in manchen Situationen ein besserer Mensch gewesen. Mit dir hatte ich eine Leichtigkeit im Umgang und eine Sexualität erlebt, wie ich sie mir immer gewünscht, aber noch bei keiner Frau erlebt hatte. Sollte ich dieses Vergnügen vorzeitig beenden, nur weil ich ungewollt tiefergehende Gefühle für dich entwickelt hatte und erneut schmerzhaft daran erinnert wurde, für dich nur ein »part time lover« sein zu können? Die Nummer Vier nach Ehemann, Familie und Fahrrad war allerdings mehr als gewöhnungsbedürftig. Zu diesem Zeitpunkt hätte ich die Beziehungen beenden sollen. Wenn der Rubikon einer Verbindung erst einmal überschritten ist, gibt es kein Zurück mehr, sondern nur noch schmerzhaften Aufschub bis zur unausweichlichen Trennung.

In meiner Jugend hatte ich eine längere Beziehung mit

einem Mädchen, in welches ich ebenfalls sehr verliebt war. Eines Tages erzählte sie mir, sie habe jemanden kennen gelernt und sei sich ihrer Gefühle zu mir nicht mehr sicher. Sie bat mich um ein Wochenende mit dem Anderen, um sich Klarheit über ihre Gefühle zu verschaffen. Ihre Offenheit beeindruckte mich und ließ mich ihr Bemühen erkennen, ehrlich mit mir umzugehen und unsere Beziehung nicht leichtfertig aufzugeben. Da ich sie sehr mochte und aus eigener Erfahrung wusste, dass man jemanden lieb haben und dennoch für einen anderen Menschen Empfindungen hegen kann, willigte ich ein. Hätte ich sie gezwungen, bei mir zu bleiben, wäre die Beziehung ohnehin gleich zum Scheitern verurteilt gewesen. Man kann nur halten, was man loslassen kann, redete ich mir ein. Wenn du etwas liebst, lass es frei. Kommt es zu dir zurück, gehört es dir. Wenn nicht, hat es dir nie gehört.

An dem Wochenende fuhr ich zu meinen Eltern, weil ich nicht allein in meiner Bude in Oldenburg bleiben wollte. Dies half aber nicht wirklich. Zuerst nervte meine Mutter mit unliebsamen Fragen, dann wurde ich nervös. Je näher der Abend rückte, desto intensiver keimte in mir die berechtigte Vermutung auf, sie würde in dieser Nacht bei und mit dem Anderen schlafen. Ich litt wie ein Hund. Die Zeit stand still. Sekunden wurden zu Minuten, Minuten zu Stunden. Stunden zu zerfleischender Folter. Die ganze Nacht tat ich kein Auge zu, sondern wälzte mich herum und heulte wie ein kleiner Junge, dem man sein Lieblingsspielzeug weggenommen hatte. Ständig hatte ich vor Augen, wie sie jetzt in den Armen des Anderen liegen, Zärtlichkeiten austauschen und mit ihm schlafen würde. Ich verging vor Schmerz und Selbstmitleid. Am nächsten Morgen war meine Mutter entsetzt, weil ich so mitgenommen aussah. Am Abend kam meine Freundin zu mir in die Wohnung und teilte mir freudestrahlend mit, sie habe sich aufrichtig für mich entschieden. »Hast du mit ihm geschlafen?« »Ja!« Ich akzeptierte ihre Entscheidung, konnte aber ihre Freude nicht mehr teilen. Auch konnte ich sie an dem Abend nicht wirklich in den Arm nehmen, weil der aufdringliche Geruch einer fremden Liebesnacht noch wie ein Stachelhemd an ihrem entweihten Körper klebte. Wir blieben zusammen, erlebten vereinzelt harmonische Zeiten, betrogen uns wiederholt gegenseitig, fügten einander Schmerzen und Enttäuschungen zu und ließen schließlich viel zu spät voneinander ab. Grundstein der Trennung war jenes Wochenende gewesen. Sie hätte sich ihrer Gefühle versichern können, auch ohne gleich mit dem Anderen zu schlafen. Schnee von gestern. Ich sollte nach vorn schauen.

Gut zwanzig Minuten sind vorbei. Die Pause kam mir gefühlt länger vor. Der Kaffee ist getrunken, ein Baguette gegessen. Das andere Baguette esse ich später im Auto und trinke die Limo dazu. Auf geht's! Die nasse Kleidung wird jetzt ganz schön kalt, was ich bei der Grübelei eben drinnen nicht so bemerkte. Auch der heiße Kaffee und das Kauen lenkten davon ab. Jetzt wird es erneut unangenehm. In den Schuhen steht immer noch Wasser, vor der Tür ist es empfindlich frisch. Es hat deutlich abgekühlt. Hoffentlich hole ich mir keine Erkältung. Mein Gott, schüttet und stürmt das, und ich muss wieder mitten hindurch. Die Gullys ringsum sind übergelaufen, weil die Kanalisation diese Riesenmengen nicht so schnell aufnehmen kann. Der Bürgersteig geht ja noch, aber auf der Straße steht das Wasser stellenweise 2 – 3 cm hoch. Wenn das auf der Autobahn auch der Fall ist, dann »Gute Nacht, Marie!« Ich sehe die Staus schon vor mir. Noch einmal tief durchatmen, Autoschlüssel in die Hand, Kopf senken, Baguette etwas abdecken und ab geht die Post.

Als Kind mochte ich gern durch angenehm warmen Sommerregen laufen, aber die paar Meter hier sind keine

Freude. Wenigstens habe ich den Sturm jetzt im Rücken. Ich sehe fast nichts, der Regen ist kalt und fühlt sich an wie tausend kleine Nadelstiche. Schnell ins Auto einsteigen und die Tür zuwerfen. Wie kann man in so kurzer Zeit nur so nass werden? Erst einmal den Motor anlassen. Mit dem Gebläse warte ich einen Moment. Der Motor ist sicherlich noch etwas warm, so dass schnell warme Luft erzeugt werden müsste. Die Schuhe lasse ich doch lieber an, wegen der Fahrsicherheit. Sie können am Fuß trocknen, wenn ich das Gebläse nur halb auf die Scheibe und halb auf den Boden einstelle. Irgendwo muss doch noch ein Handtuch liegen. Ah, ja, da habe ich es. Das hatte ich als einziges Gepäckstück für den Schweiß mitgenommen, aber aufgrund der Klimaanlage nicht benötigt. Erst einmal den Kopf, die Brust, Hände und Arme etwas trocken reiben. Ich starte den Motor. Die Luft wird schneller warm, wenn man fährt. Scheibenwischer, auf euch wartet ein hartes Stück Arbeit! Wird der Scheibenreiniger reichen? Das Ausscheren aus dem Parkplatz ist nicht ungefährlich. Ich werde mich einmal ganz langsam hinaustasten. Durch den lichtschluckenden Regen erkenne ich nicht genau, ob jemand kommt. Die hinteren Scheiben sind völlig beschlagen, aber die Autofenster öffnen möchte ich wegen des Regens nicht. Gott sei Dank, alles gut gegangen. Nun also wieder auf die A 9.

Die Auffahrt ist erfreulich lang, die rechte Fahrspur jedoch engmaschig befahren. Ich gebe einmal Gas. So Leute, langsam müsst ihr mich dazwischen lassen, die Auffahrt ist gleich zu Ende. Ein Lichtzeichen, danke! Es gibt halt doch noch nette Autofahrer. Die ersten Kilometer bleibe ich in dieser Spur, um mich wieder etwas einzufinden. Mal sehen, was das Gebläse macht. Wunderbar, es wird bereits etwas warm. Mit der nasskalten Kleidung am Leib ist es mir richtig kalt geworden. Mich friert und ich zittere leicht.

Den Wageninnenraum werde ich richtig durchheizen. Mit der Heizung und der eigenen Körpertemperatur müsste die dünne Sommerkleidung rasch trocknen. 22.08 Uhr. Hinweis: Berlin 208 km. Die habe ich auch schon einmal in gut eineinhalb Stunden geschafft. Daran ist heute zwar nicht zu denken, aber wenn es bleibt wie jetzt und keine Staus oder Unfälle auftreten, könnte es in weniger als zwei Stunden machbar sein. Danach fällt die Klappe, dann ist es zu spät. Die Seelen verstorbener, so las ich in einem lateinamerikanischen Roman, verlassen unsere Welt am zweiten Tag vor Mitternacht. Davor kann man sie an Orten, an denen man ihnen ganz besonders nahe war, noch einmal in ihrer Lieblingsgarderobe antreffen und mit ihnen sprechen. Also rasch in die Mittelspur wechseln und versuchen, beständig etwas über 100 zu fahren, wo es möglich erscheint, noch etwas schneller.

Schemenhaft erkenne ich noch die Windräder in der Landschaft. Subjektiv habe ich das Gefühl, in den neuen Bundesländern stehen weitaus mehr Windräder, als in den alten. Vielleicht wieder so eine Subventionsgeschichte. Manchmal sieht man weitläufige Windparks. Bei Bredow glaubt man nachts aufgrund der roten Leuchten auf den unzähligen Windrädern die Landebahn eines Großflughafens vor sich zu haben. In Teilen Ostfrieslands ist die Landschaft auch mit ihnen übersät, aber dort geht aufgrund der Meeresnähe fast immer ein auflandiger oder ablandiger Wind. Was macht das Radio? Läuft mein Quiz noch oder gibt es Sondersendungen zum Unwetter? Die könnten wenigstens einen aktualisierten Bericht über die Unwetterlage bringen, wenn sie in diesem Programm nach 20 Uhr schon keine Nachrichten mehr senden. Sag ich es doch, der Trailer kommt mir doch bekannt vor. »Wir unterbrechen das laufende Programm für eine aktuelle Durchsage. Die schweren Unwetter, die seit den frühen Abendstunden von

Südosten her in nordwestlicher Richtung über das Bundesgebiet ziehen, haben nach Bayern, Sachsen, Thüringen und Sachsen-Anhalt nunmehr auch weite Teile Brandenburgs erreicht. Die Feuerwehren sind pausenlos im Einsatz, um umgeknickte Bäume zu beseitigen und vollgelaufene Keller und Unterführungen auszupumpen. Auf den Straßen kommt es aufgrund zahlreicher Unfälle zu erheblichen Behinderungen ...« Das dachte ich mir schon. Zum Glück fließt der Verkehr hier noch. Fraglich ist nur, wie lange noch. Irgendjemand begeht erfahrungsgemäß immer irgendwann einen Fahrfehler.

Jetzt wechsele ich in die Mittelspur. Rechts ist es mir zu langsam und ängstlich. Die Dauerbesprühung muss ich auch nicht unbedingt haben. Die in den Wasserlachen reflektierenden roten Rücklichter sehen aus wie sich riesig ausbreitende Blutlachen. Das beunruhigt mich. Es macht mich nervös und ängstlich. Ganz links ist es deutlich ruhiger geworden. Offensichtlich haben auch die forscheren Fahrer Respekt vor den Naturgewalten bekommen. Somit werde ich nicht mehr so häufig vollgesuppt. Langsam gewöhne ich mich wieder ein. Schön warm ist es hier im Wageninneren. Die Kleidung fühlt sich nicht mehr so unangenehm kalt an. Vermutlich hat sie mittlerweile Körpertemperatur erreicht, wenngleich sie noch feucht ist. Die Scheinwerfer der Fahrzeuge in Gegenrichtung scheint ein richtiger Strahlenkranz zu umfassen. Sie sehen aus wie funkelnde Sterne oder wie eine von kleinen Kindern gemalte Sonne. Ihr Licht reflektiert weitflächig auf dem sonst dunklen nassen Asphalt. Von hier sieht es aus, als führen die Autos auf einer gefährlich glatten Eisfläche, während die Fahrzeuge in meiner Fahrtrichtung diese beängstigenden Blutlachen hinter sich herziehen. Die unterschiedlich großen Regentropfen außerhalb des Wischerbereiches erscheinen auf der Windschutzscheibe bei grellem Gegenlicht

wie tausende kleiner silbern funkelnder Sternchen. Ich schaue aus dem warmen behaglichen Wageninneren durch einen Sternenhimmel aus angestrahlter Wassertropfen auf gefährlich glattkalte Eisflächen und beständig furchteinflößende Blutlachen. Ein böses Omen?
Wo bin ich überhaupt? Ach ja, im Land der Frühaufsteher. Dieses mit der Wiedervereinigung gegründete Bundesland Sachsen-Anhalt ist fast deckungsgleich mit der ehemaligen Provinz Sachsen, seinerzeit die reichste preußische Provinz, im Frühmittelalter gar einer der kulturellen Mittelpunkte im deutschsprachigen Raum. Die Landeshauptstadt Magdeburg war eines der politischen Zentren im von Napoleon aufgelösten Heiligen Römischen Reich Deutscher Nation. Von der früheren Bedeutung der gesamten Region zeugen die für das Land typischen, gut erhaltenen Baudenkmäler aus der Zeit der Romanik und der Gotik. Mit dem Bauhaus Dessau, den Luthergedenkstätten in Wittenberg und Eisleben, der Altstadt von Quedlinburg und dem Dessau-Wörlitzer Gartenreich mit dem Wörlitzer Park verfügt Sachsen-Anhalt immerhin über fünf Stätten des Unesco-Weltkulturerbes. Ich habe nie verstanden, weshalb Julia diese Landschaften mit ihren zahlreichen historischen und kulturellen Wurzeln nicht mit mir gemeinsam erkunden mochte.

Nicht weit von hier in westlicher Richtung liegt Naumburg, der alte Bistumssitz mit seinem weltbekannten spätromanisch-frühgotischen Dom »St. Peter und Paul«, einem der berühmtesten deutschen Bauwerke des Mittelalters. An ihm wirkte unter anderen der als »Naumburger Meister« bezeichnete Steinbildhauer, dessen Spuren ebenso an den Kathedralen in Noyon, Amiens, Reims und Mainz nachzuweisen sind. Seinen »Notnamen« erhielt er, weil der Westchor des Naumburger Doms mit den zwölf Stifterfiguren und der vorgelagerte Lettner als sein Haupt- und Lebenswerk gelten. Seine Skulpturen zählen zu den bedeutendsten Kunstwerken des europäischen Mittelalters. Dennoch ist sein wirklicher Name rätselhaft unbekannt. Musste er sich nicht ausweisen, wenn er sich bei den diversen Dombauherren um Arbeit bewarb? Der viertürmige Dom ist nach wie vor das Wahrzeichen der Stadt, die als alter Handels- und Messeplatz von ihrer günstigen Lage an der von Paris nach Nowgorod führenden Via Regia profitierte, einer der großen Handelsstraßen des Mittelalters. Im Dreißigjährigen Krieg plünderte der schwedische General Banér die Stadt trotz bestehender Vereinbarungen derart rigoros, dass den Bewohnern nichts weiter blieb, als das nackte Leben und die Kleidung, die sie am Leibe trugen. Am Ende des Krieges war die Stadt dann, wie so viele andere, völlig heruntergekommen und verarmt, die Bevölkerung auf viertausend Bürger reduziert. Immer wieder und überall dasselbe schrecklichgrausige Spiel.

Friedrich Nietzsche lebte hier mit Mutter, Schwester, Großmutter, zwei unverheirateten Tanten und einem Dienstmädchen, also in einem ausgesprochenen Frauenhaushalt. Er besuchte die allgemeine Knabenschule und dann das Domgymnasium, wo er bereits früh durch seine besondere musische und sprachliche Begabung auffiel, weshalb er auch ein Stipendium erhielt. Als bereits geistig völlig Umnachteter lebte er noch einmal einige Jahre in Naumburg, bevor er nach dem Tod der Mutter zu seiner Schwester Elisabeth nach Weimar zog, wo er auch verstarb. Beigesetzt wurde er jedoch nicht dort, wo Goethe, Schiller und Herder ruhen, sondern im Familiengrab in Röcken. Im Westen schließen sich der Naturpark Saale-Unstrut-Triasland und das Weinanbaugebiet Saale-Unstrut an, dessen für diese Gegend außergewöhnlich mildes Klima den nördlichsten Weinanbau in Deutschland ermöglicht. Ich erinnere mich noch an eine Präsentation der Rotkäppchen

Sektkellerei in Nürnberg und konnte es gar nicht glauben, dass sich hier ein vorzügliches Weinanbaugebiet befinden soll. Ich kannte ja weder die Saale noch die Unstrut, geschweige denn die Klimaverhältnisse dort.

Noch weiter im Westen, noch hinter Nebra dann der Kyffhäuser, in dem der alte Barbarossa immer noch auf sein Einsatzzeichen wartet, um das Reich zu retten. Vielleicht bieten ihm die aktuelle Bankenkrise und der Turbokapitalismus Anlass genug, endlich aktiv zu werden, nachdem er die unmenschliche Hitlerzeit schon sträflich verschlafen hat. Wenn nicht, dann wacht er wiederum nur kurz auf, sieht weiterhin die Raben fliegen und schläft beruhigt weitere hundert Jahre, währenddessen sein Bart ein drittes Mal um den steinernen Tisch wächst und wir der Katastrophe entgegentaumeln. Aktiv wurden am Fuße des Kyffhäuser hingegen 1525 die Bauern. Am Schlachtberg, im heutigen Bad Frankenhausen, unterlagen sie, geführt vom Reformator Thomas Müntzer, einem Söldnerheer der Feudalherren, was gleichzeitig das Aus für den Bauernkrieg und die erste deutsche Revolution bedeutete. Auf dem ehemaligen Schlachtfeld befindet sich heute das Panorama Museum mit dem riesigen Bauernkriegspanorama des Malers Werner Tübke. Auf über 1700 m² sind beeindruckende Szenen zur Erinnerung an Thomas Müntzer, den Bauernkrieg und die damalige Zeit dargestellt. Auf dem Schlachtberg fanden damals über sechstausend Bauern den Tod, mindestens weitere dreihundert wurden anschließend hingerichtet.

Tod. Immer wieder Tod. Wieso denke ich auf dieser Fahrt so oft an den Tod? Liegt es an der Strecke mit seinen zahlreichen Kriegsschrecken und Unfalltoten? Habe ich Angst? Bin ich müde? Müde vom Leben? Sehne ich mich nach ihr?»Auch der gesuchte Dichter dachte wiederholt darüber nach, das Leben kürzer zu gestalten, obwohl er den Tod grundsätzlich mied, ihn für sich prinzipiell nicht akzeptierte. So ging er, mit Ausnahme der Bestattung des Malers Georg Melchior Kraus, nie zu Beerdigungen. Als seine Gattin mit einer Urämie im Sterben lag und im mehrtägigen grausamen Todeskampf aufgrund unerträglicher Schmerzen unaufhörlich laut schrie, kam er zwar von Jena nach Hause, betrat ihren Raum aber nicht und verstopfte sich die Ohren, um die Schreie des Todeskampfes nicht hören zu müssen. Selbst zu ihrer Beisetzung ging er nicht. Für ihn sollte es keinen Tod geben. Er glaubte, wenn er bis an sein Ende rastlos wirke, so sei die Natur verpflichtet, ihm eine andere Form des Daseins anzuweisen.»Wer immer strebend sich bemüht, den können wir erlösen.« Langsam beängstigt mich das Quiz. Es kann doch kein Zufall mehr sein, dass sich dessen Inhalte mit meinen Gedankengängen decken!

Wider Erwarten war die Beziehung zu Dir, Fee, noch nicht tot. Nach meiner Rückkehr aus meinem Ferienhaus trafen wir uns wieder regelmäßig in meiner Wohnung und liebten uns wie gewohnt. Einmal unterhielten wir uns ausführlicher über dein Verlangen, mindestens ein bis zwei Mal im Jahr allein eine mehrtägige Fahrradtour zu unternehmen. Dabei hättest du auch deinen Ehemann oder irgendwelche Freunde nicht ertragen. Mich hättest du schon allein aus dem Grunde nicht dabeihaben wollen, weil ich dir nachts alle Kräfte geraubt hätte, wie du mit einem Lächeln bemerktest. Du wolltest allein sein, deinen Körper fordern, die freie Natur genießen, unbefangen Eindrücke sammeln, Regen und Wind auf deiner Haut spüren, Etappen, Pausen und Ziele allein bestimmen können. Ich glaubte dir, weil ich dir glauben wollte und weil es mich an meine Trampzeiten erinnerte. Auch ich genoss es damals, Tage oder Wochen für mich allein zu sein und mich ziellos durch die Lande treiben zu lassen. Der Weg war das Ziel. Waren deine Fahrradtouren deine Flucht aus deinem sonst bis ins Detail durchorganisierten Alltag in eine kleine begrenzte Freiheit? Ein Ausbruch aus dem Übermaß deiner Verpflichtungen gegenüber Ehemann, Familie und Gesellschaft? Selbst euer Sex war datiert auf Sonntag nach dem Tatort. Warst du Opfer dieser Regularien, obwohl selbst wesentlicher Regulator? Hattest du nicht auch unsere Beziehung reguliert? Wir trafen uns nicht, wenn wir Lust aufeinander verspürten, wir schliefen nicht miteinander, weil einer von uns beiden erregt worden war, sondern wir trafen uns dienstags von 9 bis 14 Uhr und schliefen miteinander! Immer die gesamte Zeit. Was würdest du machen, wenn man dich deiner Aufgaben entbinden würde? Aufleben oder eingehen?

Mit Julia stabilisierte sich das Verhältnis ebenfalls wieder, allerdings veränderte sich unsere bisherige Personenkonstellation. War sie in den Anfangsjahren der auffälligere Teil unserer Verbindung gewesen, was ich ohne Probleme akzeptierte, weil sie die stärkere Persönlichkeit war, so gewann ich mit wachsendem geschäftlichen Erfolg und gesellschaftlichem Standing stetig an Sozialprestige hinzu, was ich als Spätachtundsechziger eigentlich nicht brauchte. Bald kippte unser öffentlicher Auftritt vollends, und sie wurde nur noch als meine Lebenspartnerin angesehen, während ich als Medienvertreter gesellschaftliches Gewicht bekam. Darunter litt sie erkennbar. Als ich durch den Verkauf von Geschäftsanteilen zudem plötzlich sehr wohlhabend wurde, kippte unser Verhältnis noch weiter. Ich spürte, dass sie unbegründet Angst bekam, ich könnte mich aufgrund des Geldes und unseres Altersunterschiedes jüngeren Frauen zuwenden und sie verlassen. Um ihr deutlich zu zeigen, dass ich mich auf Lebenszeit für sie entschieden hatte und gemeinsam mit ihr alt werden wollte, brach ich mit meinem festen Vorsatz, nie wieder im Leben heiraten zu wollen. Sie schien es mir wert zu sein.

Wir heirateten in einer sehr schönen kleinen Kirche in Kriegenbrunn, die nur für besondere Anlässe geöffnet wird. Als wir zwei die Kirche betraten, kämpfte ich mit den Tränen, weil alles so bezaubernd und beeindruckend wirkte. Die Kirchenbänke waren bis auf den letzten Platz besetzt, einige Gäste standen sogar. Freudig erwartungsvolle Gesichter strahlten uns wohlwollend entgegen, ausgewählter Blumenschmuck vervollständigte die angenehm wohlige Atmosphäre der anheimelnden alten Kirche. Sowohl ihre als auch meine Familie waren fast vollständig anwesend, dazu viele Freunde, Wegbegleiter der letzten Jahre und Mitarbeiter. Getraut wurden wir von einem Pastor ihrer Gemeinde, befreundete Musiker gestalteten eine berührende, sehr individuelle Feier. Der für mich ergreifendste Moment war ihr laut vorgetragenes Dankgebet nach der Trauungszeremonie, in dem sie dem Herrn auf Knien für diese Ehe dankte. Als der Pastor noch einen Moment wartete, ob auch ich etwas sagen wollte, versagte mir die Stimme. Ich hätte in dem Moment kein einziges Wort hervorgebracht. Anschließend mussten wir uns umdrehen, und der Pastor präsentierte uns der Gemeinde als Ehepaar.

In jenem Moment war ich überglücklich und felsenfest davon überzeugt, die richtige Entscheidung für mein Leben getroffen zu haben. Diese Ehe, da war ich mir absolut sicher, würde ein biologisches Ende nehmen. Schließlich hatten wir es uns vor dem Herrn gelobt: Bis dass der Tod uns scheide! Auf der Hochzeitsfeier am Abend auf Schloss Atzelsberg gab es eine kleine Szene, der ich damals keine große Bedeutung zumaß. Beim Eintreffen im Schloss reichten uns die Veranstalter ein Kissen mit einem darauf liegenden Schlüssel. Nach einem Signal sollten wir gleichzeitig danach greifen. Wer den Schlüssel als erster ergriff, so der Sinn des Spieles, hatte symbolisch die Schlüsselgewalt in unserer Ehe. Für mich war es überhaupt keine

Frage, ihr den Vorgriff zu lassen. Sie griff hingegen so fest entschlossen zu und verspürte eine derart übertriebene Genugtuung, gewonnen und mich öffentlich auf Rang zwei verwiesen zu haben, dass ich leicht erschrak. Im Nachhinein messe ich dieser kleinen Szene mehr Bedeutung zu. Da wir uns relativ spät im Leben kennen gelernt hatten, nicht wussten, wie lange wir noch gesund und rüstig bleiben, bzw. wie lange wir überhaupt noch leben würden, beschlossen wir, jeden Tag wie den letzten zu genießen. Wir kauften ein größeres Schiff, auf dem wir angenehm leben konnten und weiterhin alle Urlaube verbrachten, außer den Städtereisen in Herbst und Frühjahr und dem Skiurlaub nach Weihnachten. Oft nahmen wir Verwandte oder Bekannte mit, kümmerten uns um unsere Familien. Daneben arbeiteten wir weiterhin viel und halfen, wo wir um Hilfe gebeten wurden. Sie begann, Fachbücher zu schreiben und Vorträge zu halten, wodurch sie ein neues Selbstwertgefühl gewann, ich widmete mich verstärkt der Lobbyarbeit, weshalb wir noch häufiger als früher unterwegs waren. Unsere Ehe galt als erfüllt und harmonisch, was ich auch so empfand. Wir hatten offensichtlich beide privat und beruflich unser Glück gefunden, wollten gemeinsam aktiv die uns verbleibenden Jahre genießen, alt werden und irgendwann, möglichst spät, Seite an Seite für immer nebeneinander ausruhen. Daran glaubte zumindest ich.

»Nichts im Leben hat Bestand. Außer die Veränderung!« soll Edmund Stoiber einmal gesagt haben. Diese Erfahrung machte auch Gustav II. Adolf von Schweden ganz hier in der Nähe, als ihn in der Schlacht von Lützen nicht nur das Kriegsglück, sondern gleich das ganze Leben verließ. Nachdem er aufgrund seiner Kurzsichtigkeit zu dicht an die feindlichen Linien herangeritten war, bot er in seiner auffällig farbenprächtigen Kleidung ein hervorragendes

Ziel, weshalb ihn kaiserliche Reiter kurzerhand aus unmittelbarer Nähe erschossen. Sein teilweise entkleideter und völlig ausgeraubter Leichnam konnte erst nach der Schlacht geborgen und anschließend nach Weissenfels gebracht werden, der nächsten größeren Stadt entlang meiner Fahrtroute. Dort wurde er im heutigen Geleitshaus aufgebahrt, von einem Apotheker seziert und einbalsamiert, bevor er zur letzten Ruhe nach Schweden transportiert wurde. Noch heute zeugt ein Blutfleck im Erkerzimmer von diesen Ereignissen, wobei ich mich frage, ob der noch original sein kann. Blut, wie jegliche organische Substanz, zerfällt, Putzmittel bewirken ein Übriges. Luthers Tintenfleck an seiner Zimmerwand auf der Wartburg soll ja auch nicht mehr original sein.

Weissenfels zu meiner Linken, früher an zwei bedeutenden Handelsstraßen und einer Saalefurt gelegen, wurde aufgrund einer vorhandenen Burganlage früh militärisch genutzt und entwickelte sich zu einer florierenden handwerklich geprägten Stadt, in der vor allem das Schneider- und Schusterhandwerk eine tragende Rolle spielten. Mit der Industrialisierung entwickelte es sich zu einem Industriestandort, an dem vor allem die Schuhherstellung dominierte. Nach dem Zweiten Weltkrieg wurden viele Schuhfabriken verstaatlicht und zum DDR-Kombinat Schuhe zusammengefasst, woraufhin sich die Region zum größten Schuhproduktionsstandort der DDR entwickelte, an dem dreiviertel aller Schuhe in der DDR produziert wurden. Das erinnert mich an das relativ kleine Herzogenaurach, von wo aus die zerstrittenen Brüder Dassler mit ihren Sportschuhen adidas und Puma lange Zeit den gesamten Weltmarkt beherrschten. Die Weissenfelser Schuhe dienten vielen DDR Bürgern kurz vor der Wende für die Abstimmung mit den Füßen, indem sie ihrem Land zu tausenden den Rücken kehrten, was ich als sehr traurig empfand. Der Sozialismus auf deutschem Boden hatte für die Bevölkerung hoffnungslos versagt. Im Weissenfelser Stadtpark befindet sich Novalis' mit blauen Blumen bepflanztes Grab. Er lebte hier ab 1785 mit seiner Familie, besuchte das Gymnasium in Eisleben, studierte in Jena, Leipzig und Wittenberg und hörte während seiner Jenaer Zeit begeistert die Geschichtsvorlesungen Schillers, knüpfte enge persönliche Kontakte zu ihm und gehörte zu den Studenten, die ihn während seiner schweren Krankheit 1791 aufopferungsvoll pflegten. Dabei infizierte er sich an dessen Tuberkulose, der er nur neunundzwanzigjährig in Weissenfels erlag. Neuere Forschungen nennen zwar Mukoviszidose als wahrscheinliche Todesursache, die Schillervariante gefällt mir persönlich jedoch weitaus besser, schwingt darin doch etwas wie Nibelungentreue mit. Oft sind mögliche Ursachen eingängiger und fesselnder als wahrscheinliche.

Novalis als Wegbereiter und einer der bedeutendsten Vertreter der Romantik begegnete mir erstmals, als sich in den siebziger Jahren eine Hamburger Rockgruppe seinen Namen gab und einige Texte von ihm vertonte, so auch Zeilen aus dem Umfeld seines als »Antimeister« konzipierten unvollendet gebliebenen Romans »Heinrich von Ofterdingen«: »Wenn nicht mehr Zahlen und Figuren Sind Schlüssel aller Kreaturen Wenn die, so singen oder küssen, Mehr als die Tiefgelehrten wissen, Wenn sich die Welt ins freye Leben Und in die Welt wird zurückbegeben, Wenn dann sich wieder Licht und Schatten Zu ächter Klarheit wieder gatten, Und man in Mährchen und Gedichten Erkennt die wahren Weltgeschichten Dann fliegt vor Einem geheimen Wort Das ganze verkehrte Wesen fort.« Diese Zeilen, oft gehört Ende der siebziger Jahre, wenn wir im Freundeskreis bei Räucherstäbchen und diversen Teesorten auf Kissen auf dem Fußboden beisammen saßen, um unsere Gedanken für eine bessere und friedlichere Welt auszutauschen, berühren mich noch heute, während bekanntere Texte berühmterer Dichterkollegen seiner Zeit mich nicht mehr erreichen.

In Novalis' Romanfragment erschien erstmals die »Blaue Blume«, das Symbol für die romantische Sehnsucht nach dem Ursprünglichen, dem Phantastischen, dem Ahnungsvollen, nach Liebe und der Erkenntnis des »Selbst«, welches das Fühlen und Denken des Einzelnen verkörpert. Diese Erkenntnis führt zur Liebe, die, wenn man sie in allen Erscheinungsformen durchlebt hat, zur Erkenntnis der Natur führt, was wiederum zur Selbsterkenntnis führt. Für mich ist die Kornblume, das Symbol der Himmelskönigin Maria und der Treue und Beständigkeit, jene mystische blaue Blume. Seit Jahren bemühe ich mich vergebens darum, sie in meinem Garten anzusiedeln.

22.25 Uhr. Hinweis: Berlin 198 km. Sehr eng. Mein Gott, wie das hier überall gießt, stürmt, donnert und blitzt! Viel schlimmer kann der Eingang zur Hölle auch nicht aussehen. So ähnlich wie jetzt stelle ich mir die Situation vor, als hier die großen Schlachten tobten. In Rippach, meiner nächsten Station, kommt mir stets als erstes in den Sinn: »Ihr seid wohl spät von Rippach aufgebrochen? Habt ihr mit Herren Hans noch erst zur Nacht gespeist?« Der Ort gehört heute, wie das etwas östlicher gelegene Großgörschen, zur Stadt Lützen. Bei Großgörschen, so mein zweiter Gedanke, fand 1813 die erste Schlacht der Befreiungskriege gegen Napoleon statt. Über zweihundertdreißigtausend Menschen trafen hier aufeinander, dreiunddreißigtausend Soldaten ließen ihr Leben auf dem Schlachtfeld, sonstige Folgeopfer nicht eingerechnet. Im Dreißigjährigen Krieg trafen in Lützen Gustav II. Adolf und Wallenstein mit ihren Heeren aufeinander. Es war eine der Hauptschlachten dieses Krieges, wenngleich sein Ausgang militärisch ohne wesentliche Bedeutung für den weiteren Verlauf blieb. Über vierzigtausend Mann hatten sich in dieser Schlacht gegenüber gestanden, ein gutes Viertel überlebte die Kampfhandlungen nicht, kaum einer blieb unverletzt. Bettelnde Krüppel füllten nach solchen Schlachten vermehrt die Straßen und Plätze der Städte, marodierende Söldner malträtierten die Landbevölkerung. An der A 9 weist ein Hinweisschild leider nur auf die Gustav-Adolf-Gedenkstätte hin, wo auch nur seiner gedacht wird. Kein Wort über die zahlreichen sonstigen Opfer.

Wie gehen wir heutzutage allgemein mit der Erinnerung an solche grausig-blutigen Massaker um? Auf Volksfest ähnlichen Veranstaltungen für die gesamte Familie treten Darsteller in den Originaluniformen nachgeschneiderten farbenprächtigen Kostümen in kleinen Grüppchen an, knallen ein bisschen mit Gewehren und Kanonen, lassen etwas stinkenden Rauch aufsteigen, rennen schreiend aufeinander los, um dann wie tot umzufallen. All das soll eine Schlacht realistisch und für das Publikum nachvollziehbar simulieren. Die Zuschauer sind stockbegeistert. Sie filmen und fotografieren, essen Bratwurst, Pommes, Kuchen und Eis, trinken Cola, Kaffee und Bier. Ein wunderschönes Familienerlebnis, über welches man sicherlich noch einige Tage sprechen wird. Der Touristikverband freut sich über eine gelungene Veranstaltung und die erzielten Einnahmen, ebenso die Schausteller. Die Darsteller genießen den Auftritt und den Beifall, vielleicht noch einen Filmbericht im Fernsehen, ein Bild in der Lokalzeitung oder im Internet. Krieg kann so schön und malerisch sein!

So waren diese Schlachten aber nicht. So war keine Schlacht – zu keiner Zeit! Für keine Familie! Über das Schlachtfeld von Eylau schrieb Napoleon: »Um die Szene zu erfassen, muss man sich auf einem Raum von drei Quadratkilometern neun- bis zehntausend Leichen vorstellen; vier- bis fünftausend Pferdeleichen; Reihen um Reihen russischer Tornister; die Überbleibsel von Musketen und Schwertern; den Boden bedeckt mit Kanonenkugeln, Patronen und anderer Munition«. Um allein die dreiunddreißigtausend Gefallenen in Großgörschen zu bestatten, Zivilopfer und Pferde noch gar nicht eingerechnet, hätte in der Summe etwas mehr als ein Quadratkilometer Fläche drei Meter tief ausgehoben werden müssen. Bis heute sind vor Ort aber nur wenige Gräber und bisher noch keine Massengräber entdeckt worden. Hat man die Toten verbrannt, was bestialisch gestunken hätte? Wurden die Leichen Fraß für ausgehungerte Ratten, Raubtiere, herumstreunende Hunde, Katzen und aasfressende Vögel? Die Beseitigung der Gefallenen blieb jedenfalls der ortsansässigen Bevölkerung überlassen, da in der militärischen Organisation kein Gefallenenwesen vorgesehen war. Man verließ sich darauf, dass die ortsansässige Bevölkerung die Opfer im eigenen Interesse als Seuchenschutzmaßnahme beseitigen würde. Fortgeführt wurden nur die intakten Soldaten, die, ergänzt durch neue Kräfte, ihr Leben erst in der nächsten oder übernächsten Schlacht hingeben mussten, sofern sie nicht zwischenzeitlich aufgrund der furchtbaren hygienischen Verhältnisse diversen Krankheiten erlagen oder Hungers starben.

Ein realistisch nachgestelltes Schlachten-Spektakel sähe anders aus: Ein Massengrab wäre auszuheben. Dann als Wettbewerb: Leichenteile suchen gegen die Stoppuhr! Auf einem Feld mit bis zu den Knöcheln reichenden Blutlachen aus Tomatensaft liegen überall verstreut präparierte Leichenteile herum, noch blutend und Brechreiz auslösend riechend. Halb abgeschossene Köpfe ohne Gesicht, hervorquellende Augen, zum Leib heraushängende blutbesudelte Gedärme, halb oder ganz abgerissene Gliedmaßen, verstümmelte Leiber in ihrem ausfließenden Blut. Halbtote röcheln vergebens um Hilfe, liegen achtlos übereinander geworfen im nächsten Graben, so wie es ein Augenzeuge vom Rußlandfeldzug Napoleons berichtet. Für den Korsen war es selbstverständlich, dass Soldaten Soldaten töteten, Verwundete ihrem Schicksal überlassen und Zivilisten beseitigt wurden. Ist so einer überhaupt noch ein Mensch? Handelt er nicht allen menschlichen Geboten zuwider, vor allem dem fünften Gebot?

Zwischen den Toten und Verreckenden strolchen als zeitraubende Hindernisse die Leichenfledderer umher, darunter viele Frauen und Kinder, die eine Flinte, einen Tornister, eine Feldflasche, eine Patronentasche, einen Hut, ein altes Hemd, ein Stück Brot, Fleisch, Käse, Kartoffeln aufklauben, dem ein oder anderen Schwerverletzten kurzerhand den Rest geben, um ihn anschließend in Ruhe vollständig ausrauben zu können. Solange muss der Mitspieler warten, Augenzeuge eines weiteren Verbrechens werden. Während eine Schlacht in der Regel in wenigen Stunden geschlagen war, dauerten die anschließenden Aufräumarbeiten Monate, die sozialen und wirtschaftlichen Folgen Jahre. Entstandenes menschliches Leid überdauerte manch ein geschundenes Leben, griff bisweilen über Generationen.

Aus Megawattbassboxen lässt man dazu ohrenbetäubend laut Kanonendonner, Gewehrsalven und Schlachtgeschrei, vor allem aber die Schmerzensschreie der Verletzten, die letzten versiegenden Hilfeschreie der Sterbenden und das Wiehern tödlich getroffener Pferde dröhnen. Es riecht penetrant nach Feuer, Schießpulver, warmem Blut, Angstschweiß, Kot und Urin. Vor oder nach der Schlacht könnte man noch diverse Zuschauerinnen in Anwesenheit ihrer Gatten sexuell belästigen, Autos und Brieftaschen stehlen und einige Zuschauer mit einer Gruppe Neonazis oder Hooligans konfrontieren. Würde das unsere Einstellung zum Krieg nachhaltig verändern?

Warum lassen wir uns so häufig irreführen, uns die Welt

vermitteln, wie sie nicht ist? Warum fallen wir immer wieder gern auf diese Lügen herein? Im Grunde wissen wir doch, dass der Hase anders läuft. Warum sagen wir es dann nicht? Warum können unsere Schulen unseren Kindern nicht aufzeigen, welche Machtstrukturen im Hintergrund wirken, wenn wieder so ein Schlächter installiert und ein vermeintlich unausweichlicher Krieg proklamiert wird, der wieder nur den Interessen einer ganz kleinen besitzenden Schicht dient? Warum benennen wir nicht die nutznießenden Kriegstreiber oder jetzt die Profiteure der Bankenkrise, die, ohne mit der Wimper zu zucken, ganze Volkswirtschaften dem Untergang preisgeben, um sich persönlich zu bereichern? Warum zerren wir sie nicht ans Licht der Öffentlichkeit und lassen sie in Den Haag aburteilen wie andere Verbrecher gegen die Menschlichkeit auch? Warum wird alljährlich nur Stauffenbergs gedacht, während die viel früheren und entschlosseneren Widerstandskämpfer, die ihren Mut mit dem eigenen Leben bezahlten, kaum Erwähnung finden? Die Welt könnte eine andere sein, hätte man uns beizeiten gelehrt, diese Fragen zu stellen und sie ehrlich und furchtlos beantwortet zu bekommen.

22.31 Uhr. Abfahrt Bad Dürrenberg, Lützen, Leipzig Süd. Hinweis: Berlin 185 km. Hier überquert die A 9 die alte Salzstraße, die im Mittelalter von Lübeck über Halle, Prag, Salzburg, Venedig und Ostia bis Trapani auf Sizilien führte. Auf ihr wurde das weiße Gold, welches man vor allem zur Konservierung von Fisch und Fleisch benötigte, international gehandelt, wovon in der Regel alle an der Strecke liegenden Städte profitierten, da sie diverse Zölle erhoben und an den durchfahrenden Händlern verdienten. Ein Hinweis auf Merseburg. Diese Schilder gefallen mir, lenken sie mich doch etwas von der Monotonie der Autobahn ab und regen mich zum Nachdenken an. Die Stadt müsste westlich der A 9 liegen, oberhalb von Leuna, dem Standort der Leunawerke. Soweit ich weiß, ist sie eine der ältesten Städte im mitteldeutschen Raum, wie überhaupt die gesamte Region hier sehr frühzeitige Besiedelungen aufweisen kann. Als Bistumssitz war Merseburg lange Zeit eines der religiösen Zentren nahe der Ostgrenze des damaligen Reiches und entwickelte sich sehr vorteilhaft, weil es eng mit den herrschenden Ottonen verbandelt war.

Mich erinnert Merseburg immer an ein Seminar in Althochdeutsch, an den Chronisten Thietmar von Merseburg und meine schwärzeste Stunde während meines Geschichtsstudiums. In Althochdeutsch mussten wir u.a. die Merseburger Zaubersprüche übersetzen, was mit etwas Fantasie durchaus machbar war. Die sprachlichen Veränderungen vom Althochdeutschen über das Mittelhochdeutsche zum Neuhochdeutschen ableiten zu können, war schon stärkerer Tobak, bei dem mich die Professorin regelrecht vorführte, weil sie mitbekommen hatte, dass mich eine hübsche Kommilitonin momentan mehr interessierte als sie und ihr wissenschaftlicher Vortrag. So etwas verzeiht einem keine Frau, auch keine Professorin in einem Seminar. Nach der Blamage war mit der Hübschen auch nichts mehr zu machen. Dauerhaft geblieben ist mir von den beiden Zaubersprüchen ein Teil des zweiten Spruches, weil ich sein Ende immer anwandte, wenn sich meine damalige Freundin gestoßen oder sonst wie verletzt hatte: »bên zi bêna, bluot zi bluoda, lid zi geliden, sôse gelîmida sîn«. Erstaunlicherweise half es immer, vielleicht auch nur, weil ich mit dem alten Hausrezept »mit Speichel drüber reiben« nachhalf.

In einem Seminar in Mittelalterlicher Geschichte ging es um die Chronik Thietmars, die wesentlich die Zeit der Ottonen und das Bistum Merseburg behandelt. Mit einem Kommilitonen hatte ich mich für ein Koreferat gemeldet. Dieser Kommilitone studierte im Hauptfach ausgerechnet

Philosophie, weshalb wir fast zwangsläufig keinen Besprechungstermin organisiert bekamen und dann, als wir zwei Termine gefunden hatten, ausschließlich über Kants Wirkung auf Schillers Dramatik sprachen. Kein Wort über Thietmar und seine Chronik. Völlig unvorbereitet und unabgesprochen legten wir uns bereits mit den ersten Sätzen auf die Schlachtbank, auf der uns der Dozent an dem Tag genüsslich zerlegte, obwohl er sonst ein den Studenten sehr wohlgesonnener Mann war. Getoppt wurde dieser Lacherfolg in dem Seminar nur noch einmal, als Fridolin, ein etwas freakiger Typ, bei der Frage des Geblütsrechts zweier Thronanwärter mit bierernstem Gesicht verkündete, er habe einmal gelesen, dass der eine Kandidat einen schweren Katarrh gehabt hätte, woraufhin man ihm Blutegel gesetzt habe, was doch eindeutig Geblütsrecht gekostet habe. Der Dozent darauf trocken: »Dann müsste nach ihrer Theorie ein Blutegel auf den Thron! Egel der Erste!«

Vom südlich von Merseburg gelegenen Leuna und seinem Chemiewerk hörte ich erstmals nach der Wende, als das ehemals riesige DDR-Kombinat in kleine Teile zerlegt und durch die Treuhand verschleudert wurde. Ebenso in Zusammenhang mit den vermutlich auch an deutsche Politiker gezahlten Schmiergeldern, was aber nie bewiesen werden konnte, weil vermutlich auch niemand Interesse daran hatte, die wahren Zusammenhänge aufzudecken. Für Raffzähne in Ost und West herrschte nach der Wende Goldgräberstimmung. Gegründet wurde das Werk ursprünglich auf Drängen der Regierung des Deutschen Kaiserreichs, weil diese unbedingt Salpetersäure für die Sprengstoffherstellung für den Ersten Weltkrieg benötigte. Um vor potentiellen Angriffen der französischen Luftstreitkräfte sicher zu sein, wählte man den Standort Leuna.

1926 wurde das Werk aufgrund seiner Lage im mitteldeutschen Braunkohlerevier für die großindustriellen

Versuche zur Herstellung von synthetischem Benzin ausgewählt, um das Deutsche Reich vom Erdölimport unabhängiger zu machen. Dadurch wurde Leuna auch zu einem guten Beispiel für die Machenschaften hinter der Installation eines Schlächters, denn bereits im November 1932 trafen sich die I.G.-Farben-Direktoren Bütefisch und Gattineau mit Hitler, um ihn über die zukünftige Bedeutung synthetischen Benzins aufzuklären. Sie erhielten von ihm die Zusage, im Falle seiner Regierungsübernahme die Herstellung von synthetischem Benzin durch Absatz- und Mindestpreisgarantien zu unterstützen, er persönlich von ihnen im Gegenzug vermutlich den auch mit anderen Industriellen vereinbarten Prozentanteil an den Bruttolohnkosten des Unternehmens als Spende.

Bereits 1933 sicherte sich der I.G.-Farben-Konzern in einem Vertrag die komplette Treibstoffversorgung der Wehrmacht. Panzer und LKW, die kriegerisch bis in die Bretagne oder kurz vor Moskau vorstossen, benötigen natürlich mehr Benzin, als wenn sie auf Truppenübungsplätzen friedlich umeinander brummen. Ist man unter diesem Aspekt als Treibstofflieferant ein Pazifist? Von den etwa zwölftausend Arbeitskräften am Jahresende 1944 waren lediglich eintausendfünfhundert »Reichs«- oder »Volksdeutsche« aus Mitteleuropa. Hinzu kamen etwa eintausendsechshundert kriegsgefangene Franzosen und gleichviel Lagerhäftlinge in den sogenannten Arbeitserziehungslagern Osendorf, Zöschen und Schkopau. Insgesamt waren das mehr als fünfzehntausend Arbeitskräfte, von denen mehr als zwei Drittel unfreiwillig Zwangsarbeit in den Leunawerken leisteten. Hat man als Industrieller darunter gelitten, sich gar über die unmenschlichen Lebens- und Arbeitsbedingungen der eigenen Zwangsarbeiter beklagt?

Am 12. Mai 1944 griffen die Alliierten die deutsche Treibstoffindustrie in Leuna erstmals mit mehr als achthundert Bombern an. Mit weiteren zwanzig Angriffen, bei denen über sechstausendfünfhundert alliierte Flugzeuge eine Bombenlast von etwa achtzehntausend Tonnen auf Leuna abwarfen, zerstörten sie das Werk völlig. Unter den Todesopfern befanden sich zahlreiche Zwangsarbeiter. Albert Speer schrieb später in seinen »Erinnerungen«: »Mit dem Gelingen dieser Angriffe war der Krieg produktionstechnisch verloren.« Um den Volksgenossen und den Feinden gleichermaßen vorzugaukeln, die Treffer seien nicht so gravierend gewesen und es würde weiterhin produziert, entfachte man in den Kaminen Holzfeuer, damit aus den Schloten Rauch aufstieg. Nach der Wende wurde das Kombinat in kleinere Einheiten zerlegt und verschleudert. Zusätzlich erfolgte eine Reihe von Neugründungen und Neuansiedlungen von Unternehmen. So finden sich heute auf dem Gelände des Chemieparks viele unterschiedliche Firmen. Die Mehrzahl der Beschäftigten wurde im Zuge der Verkäufe und durch die Erhöhung der Produktivität arbeitslos, wie in fast allen ehemaligen, auch rentablen Betrieben der DDR. Die Zeche bei solch elementaren Umwälzungen zahlt immer der kleine Mann.

22.36 Uhr. Nichts als bedrohliches Endzeitwetter. Ertrinke ich heute und werde hinweggeschwemmt? Mit dir, Fee, ergab sich urplötzlich ein ganz neuer Aspekt. Als ich dir erzählte, dass ich übers Wochenende nach Würzburg müsste, fragtest du spontan, ob du mitkommen könntest, da dein Mann an dem Wochenende zufällig mit Freunden segeln sei. Eine Nacht mit dir, wie sehr und oft hatte ich mir das gewünscht! Einmal keine hinter dir ins Schloss fallende Tür! Jetzt schien es wahr zu werden. Du erledigtest die Formalitäten und erwartetest mich in einem Hotel nahe der Residenz. Da es noch früh war, entschlossen wir uns zu einem längeren Spaziergang durch den ansprechenden Hofgarten. An der imposanten Residenz vorbei liefen wir vor bis an den schönen Main, dann flussabwärts bis zum Kranenkai. Von dort schlenderten wir durch diverse Straßen der City bis zum Hotel zurück. Wieder im Zimmer ließen wir Badewasser ein, öffneten eine Flasche Rotwein, stiegen gemeinsam in das angenehm warme Badewasser, alberten wie die Kinder herum und setzten das halbe Bad unter Wasser. Anschließend liebten wir uns gewohnt ausgiebig und exzessiv.

Als wir hungrig wurden, schlug ich vor, gleich im Hotel essen zu gehen. Du hattest aber Befürchtungen, ein Bekannter könne zufällig Gast in dem Hotel sein und uns zusammen sehen. Deshalb schlugst du vor, ein Restaurant in der Stadt aufzusuchen. Dort war dir erkennbar auch nicht wohl. Während ich es genoss, mit dir ausgehen und vorzüglich italienisch essen zu können, blicktest du dich fortwährend verängstigt um, ähnlich wie damals auf der Wöhrderwiese. Meinem Vorschlag für einen Verdauungsspaziergang stimmtest du nur unwillig zu und drängtest mich nach kurzer Zeit wieder ins Hotel zurück. Das fand ich schade, freute mich andererseits jedoch darauf, mit dir aufs Zimmer gehen und die Nacht mit dir verbringen zu können. An diesem Tag würdest du nicht anschließend gehen, wie es sonst der Fall war. Die hinter dir zufallende Tür würde mir an diesem Tag erstmals erspart bleiben.

Im Hotelzimmer blieb deine Anspannung bestehen. Du gingst unruhig umher wie ein gefangener Tiger in seinem Käfig, mochtest auch nicht ins Bett gehen. Als ich fragte, was mit dir los sei, sagtest du, du wollest doch lieber nach Hause fahren, falls deine Tochter heimkäme oder dein Mann anrufen würde. Was sollte das? Du hattest doch gesagt, dass du einen Spontantrip unternehmen würdest. Mann und Tochter wussten also Bescheid, anrufen würde man dich logischerweise über das Handy. Da es aber keinen Sinn ergibt, jemanden gegen seinen Willen zu etwas zwingen zu wollen, verbarg ich meine Enttäuschung und ließ dich schweren Herzens gehen. Aus der so ersehnten ersten gemeinsamen Nacht wurde wieder eine Nacht allein. Erneut fiel nach ein paar schönen Stunden die Tür hinter dir ins Schloss. Du warst fort. Ich blieb allein. Lange lag ich wach in dieser Würzburger Nacht. Lange dachte ich nach. Auch über Gebote.

Mit Julia kam es zu Spannungen. Aus der Ehe mit ihrem verstorbenen Mann und dem Untergang ihres Unternehmens tauchten immer wieder größere Forderungen auf, die ich anfangs klaglos für sie beglich. Schließlich war sie in meinen Augen meine Ehefrau auf Lebenszeit, und ich wollte nicht, dass sie wegen irgendwelcher alter Außenstände Probleme bekäme. Als diese Forderungen aber nicht aufhörten, sondern sogar häufiger und in teils erschreckenden Summen auftraten, verlangte ich Aufklärung. Zwar war ich nach wie vor bereit, sie zu unterstützen, wollte aber für meine eigene Finanzplanung einen Überblick erhalten, was in den nächsten Jahren eventuell noch an Zusatzausgaben auf mich zukommen würde. Mit schwierigen Situationen und Schicksalsschlägen kann ich gut umgehen, verfüge über Nehmerqualitäten. Aber wenn mich jemand mit einem Fragezeichen versehen stehen lässt, zermürbt es mich. So war es jetzt mit ihr. Trotz ihrer wiederholten Zusagen erhielt ich keine befriedigenden Auskünfte, weshalb ich immer wieder nachhaken musste. Dies führte zu unschönen Diskussionen, die wir bisher nicht gekannt hatten und bei denen sie gezielt lauter wurde, um die für sie unangenehme Situation zu beenden. Sie wusste genau, dass ich lautstarke Auseinandersetzungen nicht mochte. Ich zog mich verlässlich zurück, weil ich sie so nicht erleben und meine Hochachtung vor ihr nicht verlieren mochte, war sie doch die wesentliche Basis unseres Zusammenlebens.

Nun gut. Vorbei ist vorbei. Ich konzentriere mich lieber

wieder auf das Verkehrsgeschehen hier. Angesichts der hinderlichen Straßen- und Wetterverhältnisse komme ich noch recht gut voran. Nach Lützen und Großgörschen ist das sich nordöstlich anschließende Leipzig der Ort für Massenvernichtung. Bereits vor Hitler. Die gesamte Region wirkt auf mich wie eine einzige Blutlache, wofür primär die Anzahl der großen Schlachten und das als Völkerschlacht bei Leipzig bezeichnete Massaker vom Oktober 1813 verantwortlich zeichnen. In dieser Schlacht im Rahmen der Befreiungskriege gegen Napoleon kämpften die verbündeten Truppen Österreichs, Preußens, Russlands und Schwedens gegen die Truppen Napoleons. Mit bis zu sechshunderttausend beteiligten Soldaten aus über einem Dutzend Völkern war dieser Kampf bis zum Beginn des 20. Jahrhunderts die größte Feldschlacht der Weltgeschichte, in der Napoleon eine entscheidende Niederlage erfuhr. Sie zwang ihn, sich mit der verbliebenen Restarmee und ohne Verbündete aus Deutschland zurückzuziehen. In der Schlacht wurden etwa neunzigtausend Soldaten getötet oder verletzt – darunter auf beiden Seiten zahlreiche Deutsche. Der allgemeine Jubel über Napoleons Niederlage ließ kurzzeitig das entsetzliche Elend vergessen, welches die große Menge von Verwundeten und Kranken in der Stadt verursachte. Die dreitägige Schlacht forderte auf beiden Seiten nachträglich schwere Verluste, da viele der verwundeten Soldaten in den folgenden Tagen aufgrund ihrer Verletzungen, der fehlenden ärztlichen Versorgung und der ungenügenden hygienischen Verhältnisse verstarben. Nach der Schlacht grassierte in Leipzig zudem eine Typhus-Epidemie, der weitere zahlreiche Verwundete und Leipziger Einwohner erlagen. Es dauerte Monate, bis allein die Schlachtopfer bestattet waren.

Leipzig war vormals eine sehr vornehme Stadt gewesen, deren Einwohner in Geschmacksfragen in ganz Deutschland den Ton mit angaben und die sich nicht völlig grundlos für etwas Besonderes hielten, was auch unser gesuchter Dichter erfuhr, als er dort einige Zeit mit verhaltenem Einsatz Jura studierte, obwohl er lieber in Göttingen Literatur und Sprachen studiert hätte. Die Leipziger mokierten sich neben der etwas merkwürdigen Garderobe des Dichters, die sich durch guten Stoff und schlechten Schnitt auszeichnete, vor allem über dessen hessischen Dialekt, den er zeitlebens nicht ablegte. Wie konnte man nur einen Dialekt sprechen? »Firchterlich! Aan Glick, des mir kaan dialegt ned ham!« Schiller, fällt mir dazu ein, hatte mit seinem ausgeprägten Schwäbisch noch größere Probleme, weil von ihm persönlich vorgetragene Rezitationen seiner Werke mitunter wahre Lachsalven auslösten, besonders bei den Romantikern, die mit seinem Pathos ebenso wenig anzufangen wussten, wie er mit ihren Gefühlswallungen. »Feschd g'mau'rd in der Eerden Schdeed die Glogge …«

22.42 Uhr. Hinweis: Berlin 166 km. Nur noch gut eineinviertel Stunden Zeit verbleiben mir. Gleich müsste Schkeuditz erscheinen, mit dem Schkeuditzer Kreuz, dem ersten Autobahnkreuz Deutschlands. Danach sieht man rechts die Landebahnen des Flughafens Leipzig/Halle. Ab hier ging es stets sehr zügig voran. Flaches Gelände, weniger Verkehr, gerade Streckenführung. Manchmal fuhr ich die Strecke in einer guten Stunde. Daran ist heute nicht zu denken. Langsam werde ich müde. Dunkelheit, Regen, Blitze, Autoscheinwerfer und Rückleuchten fordern ihren Preis. Die unheilvollen Gestalten am Himmel nehmen zu. Vor allem dieses Wisch-Wasch, Wisch-Wasch, Wisch-Wasch macht mich ganz kirre. Hin und her. Hin und her. Hin und her. Die Anspannung, in dieser gefährlichen Gesamtsituation nur ja keinen Fahrfehler zu begehen, bewirkt ein Übriges. Schkeuditz, zwischen Leipzig und Halle gelegen, profitiert vor allem vom Flughafen, der auf seinem Verwaltungsgebiet liegt. Statistisch, habe ich einmal gelesen, kommen hier achthundertvierzehn Arbeitsplätze auf eintausend Einwohner, was in der Realität bedeuten könnte, hier gebe es mehr Arbeitsplätze als erwerbsfähige Personen. Das ist aber nur Statistik und erinnert mich an die professionellen Jonglagen mit den Arbeitslosenzahlen und die sonst unendlichen Lügen, denen wir tagtäglich gesellschaftlich und privat ausgesetzt sind. Gibt es überhaupt noch Wahrheit? Sind wir selbst überhaupt noch ehrlich, oder haben wir uns mittlerweile so sehr an die allgemeine Verlogenheit gewöhnt, dass wir selbst eigene Lügen nicht mehr als solche erkennen? Erkenne ich die Meinigen noch? Als Kind genügte es bereits, wenn einem die Erwachsenen erzählten, dass Lügen kurze Beine hätten, Lügner eine rote Nase bekämen oder die Nase beim Lügen wie bei Pinocchio unendlich wüchse, um mit der Wahrheit herauszurücken. Heute werden wir so permanent und dreist belogen, sei es im Privatbereich, in der Schule, in der Gesellschaft, in den Medien, dass wir den Lügner schon lange nicht mehr zu erkennen vermögen. Für den gesuchten Dichter hingegen war Wahrhaftigkeit der Grundpfeiler seines Charakters. Lügen konnte er nicht: »Manches hab ich gefehlt in meinem Leben, doch Keinen Hab' ich belistet.« Wer kann das schon guten Gewissens von sich sagen?

Aber daran mag ich jetzt nicht denken. Im Dreißigjährigen Krieg wurde Schkeuditz zwölfmal niedergebrannt und neunmal geplündert, mal von Freunden, mal von Feinden, was aber im Ergebnis wie gehabt wenig Unterschied machte. Im Siebenjährigen Krieg war die Stadt von Preußen besetzt und hatte Abgaben an das preußische Militär zu entrichten. Während der Völkerschlacht bei Leipzig wurde es wechselweise von Franzosen, Preußen oder Russen belagert. Wie hätte ich, in der Zeit lebend, reagiert? Kaum hatte man die immensen Schädigungen einer Heimsuchung halbwegs bewältigt, erlitt man die nächste. Wie viel Kraft muss es kosten, immer wieder aufzustehen, die Ärmel hochzukrempeln und den Wiederaufbau zu starten. Sisyphosarbeit! Für solche aufopferungsbereiten Menschen empfinde ich einen Riesenrespekt, für die mutwilligen Zerstörer nur Verachtung.

Respekt empfand ich auch für Gerulf Pannach, der hier geboren wurde. Als Rockpoet, Komponist und Sänger erlangte er mit der Klaus Renft Combo, einer der führenden Bands der ehemaligen DDR, Berühmtheit. Anfang der siebziger Jahre eckte er mit seinen kritischen Texten an, durfte fortan nur noch bei inoffiziellen Veranstaltungen auftreten und wurde nach Unterzeichnung der Protesterklärung gegen Wolf Biermanns Ausbürgerung im November 1976 auf dem Alex verhaftet. Nach neun Monaten Haft entließ man ihn aus dem Gefängnis und der DDR-Staatsbürgerschaft und schob ihn in den Westen ab, wo ich ihn live mit Christian Kunert im Erlanger Redoutensaal erlebte, als die Zwei eine Weile mit ihren kritischen Liedern und durchwachsener Resonanz als Duo durch die Bundesrepublik tourten. Pannach ist mit seinen Texten und Liedern ein Beispiel für jene oppositionellen Künstler, die im Kalten Krieg als Grenzgänger in Ost und West wenig Freunde fanden und unter dem deutsch-deutschen Exil litten: »Ob im Osten oder Westen/wo man ist, ists nie am besten/suche, Seele suche/fluche, Seele, fluche.« Seinen frühen Tod mit 49 Jahren sehen manche in Zusammenhang mit seiner Haftzeit und ehemaligen DDR Vollzugspraktiken.

Im Schkeuditzer Heimatmuseum kann man eine von den Lessings privat herausgegebene Familienhistorie sowie das Gesamtwerk Gotthold Ephfraim Lessings in Erstausgaben ansehen. Mich hat bei Lessing vor allem die Präzision seiner Werke fasziniert. Emilia Galotti, die ich mir anläßlich meiner Examensvorbereitungen in den Münchner Kammerspielen ansah, wirkt auf mich wie ein präzise ablaufendes Uhrwerk. Überrascht war ich, wie selten die Galotti selbst auf der Bühne erscheint. Wenn man das Drama liest, ist sie hingegen in fast jeder Szene gegenwärtig, weil fortwährend von ihr gesprochen wird. Ähnlich erging es mir mit dir. Obwohl du fast nie gegenwärtig warst, begleitetest du mich permanent. Über dich gesprochen habe ich zwar nicht, zu keinem, aber immer intensiver über unser Verhältnis nachgedacht. Gab es eine emotionale Bindung zwischen uns, oder war ich nur dein Beischläfer, lediglich dazu auserwählt, deine offensichtlichen Defizite in diesem ehelichen Bereich möglichst exzessiv auszugleichen? Nachhaltig aufgefallen war mir deine hohe Risikobereitschaft, solange es darum ging, sich mit mir zum Sex zu verabreden. Dabei setztest du objektiv betrachtet dein ganzes bisheriges Familienleben aufs Spiel. Sobald du jedoch sexuell befriedigt warst, meldeten sich offensichtlich deine Gewissensbisse bezüglich Ehemann und Familie. War deine Libido so stark, dass du dich zu ihrer Befriedigung solchen Risiken aussetztest, oder war doch mehr zwischen uns? Ich wollte es bei Gelegenheit wissen.

22.47 Uhr. Hinweis: Berlin 162 km. Wo bin ich überhaupt? Was steht da? Doppelkapelle Landsberg. Ach ja, die sieht man linker Hand auf einem Berg, wenn man am Tage hier vorüber fährt. Ihre Geschichte habe ich einmal nachgelesen, als sie mir in Nürnberg zufällig in den Sinn kam. Der Markgraf zu Landsberg führte eine Fehde gegen seine Landesherren, weshalb die Reichsacht über ihn verhängt und seine Burg geschleift wurde. Die Doppelkapelle wurde als einziges Gebäude verschont, weil sie sich im Besitz der Wettiner befand und diente fortan der Markgrafenfamilie im dritten Stock als Wohnung. Luther soll auch einmal dort übernachtet haben. Als ich ein Wochenende nach Leipzig musste, war dein Mann erneut mit Freunden unterwegs. Sofort signalisiertest du deine Bereitschaft, das Wochenende mit mir in Leipzig zu verbringen, weshalb wir uns in einem Hotel nahe beim Hauptbahnhof verabredeten. In der Lobby befand sich bei meinem Eintreten eine Gruppe sehr vornehm gekleideter Geschäftsleute, die auffällig eine offensichtlich wartende Dame musterte. Sie war eine wirkliche Augenweide, weiblich elegant gekleidet, groß und schlank. Erst, als sie sich umdrehte, erkannte ich beim zweiten Hinschauen, dass du diese begehrenswerte Dame warst. Bisher hatte ich dich nur leger gekleidet gekannt. Die Szene erinnerte mich an unser erstes Treffen, als ich dich vor der sonnendurchfluteten breiten Fensterfront erblickt hatte. Ja, Fee, du warst eine faszinierend attraktive Frau mit einer sehr warmen weiblichen Ausstrahlung, in die ich widerstrebend sehr verliebt war.

Als du mich entdecktest, kamst du lächelnd und leicht errötet auf mich zu. Du drängtest gleich aufs Zimmer, um es sofort mit mir zu treiben. Vermutlich hatten dich die begehrlichen Männerblicke zusätzlich erregt. Im Zimmer bat ich dich, nachdem du dich entkleidet hattest, einen Moment stehen zu bleiben und dich ein wenig zu drehen. Wie nach unserem ersten Sex betrachtete ich dich sehr aufmerksam, was dir sichtlich gefiel. »Ich trage ein Kleid aus Männerblicken.« Du warst unglaublich schön, erotisch erregend und wirktest gleichzeitig so fraulich, ja fast mütterlich warm. Ich genoss es, dich jetzt bei mir zu haben, dich in dem Bewusstsein anzuschauen, dich gleich in jeder beliebigen Form nehmen zu können, von dir ebenso genommen zu werden. Insgeheim jedoch beneidete ich deinen Ehemann, der dich täglich um sich haben und auch andere Dinge als nur den Beischlaf mit dir teilen durfte. Der anschließende Sex entlud sich dank der Lobby wild und explosionsartig. Meinen anschließenden Vorschlag, erst essen und dann ein wenig in der Stadt bummeln zu gehen, lehntest du ab. Du wolltest angeblich lieber auf dem

Zimmer bleiben, schicktest mich zum Hauptbahnhof, um in den Passagen ein paar Kleinigkeiten zu besorgen, die wir dann auf dem Hotelzimmer verzehren wollten. Nach dem Essen fielen wir erneut so heftig übereinander her, dass an einen anschließenden Spaziergang nicht mehr zu denken war. Du duschtest zuerst. Als ich aus der Dusche kam, standst du vollständig angekleidet vor mir und sagtest, du wolltest jetzt doch lieber heimfahren. Ich erwiderte.»Du spinnst. Es ist mitten in der Nacht, du bist hundemüde und musst mehr als zwei Stunden mit dem Auto fahren. Außerdem ist bei euch niemand daheim und deine Familie weiß, dass du in Leipzig bist.« Du bestandst darauf zu gehen. Ich konnte dich auch dieses Mal nicht halten, aber jetzt wollte ich es wissen. Unmittelbar bevor du den Raum verlassen wolltest, bat ich dich, noch kurz zu bleiben, weil ich noch etwas mit dir besprechen müsse. Ich eröffnete dir erstmals in unserer Beziehung, dass ich dich gern öfter sehen und auch gern andere Dinge mit dir unternehmen möchte, als ausschließlich Sex mit dir zu haben. Ohne Überlegung, und vor allem, ohne nach praktikablen Vorschlägen zu fragen oder dir Bedenkzeit auszubitten, sagtest du mir lächelnd ins Gesicht:»Das lassen wir mal lieber!« Dann drehtest du dich von mir weg und verließt den Raum ohne Abschied. Wieder fiel die Tür hinter dir ins Schloss. Deinen Anruf spät in der Nacht beantwortete ich zwar, erreicht hat er mich jedoch nicht mehr.

22.51 Uhr. Brehna? Gibt oder gab es dort nicht ein Kloster? Ein Benediktinerkloster, in dem Katharina von Bora, genannt die Lutherin, ihre Erziehung erhielt?»In der Woche zwier, schaden weder ihm noch ihr.« Den Spruch Luthers kennt vermutlich jeder.»Will die Frau nicht, so komme die Magd« ist aber auch von ihm. Wenn man ein wenig über diesen Satz nachdenkt, kann man sich leichter erklären, weshalb Luther die Bauern, die so große Hoffnungen auf diesen Reformator setzten, im Bauernkrieg nicht unterstützte, sondern aufs Schärfste verurteilte und die Feudalherren massivst gegen Thomas Müntzer aufstachelte. Von ihm stammt auch die Bezeichnung »Satan von Allstedt«, die Müntzer nie mehr abstreifen konnte. Auch starke Persönlichkeiten haben ihre Schattenseiten. Hinweis: Berlin 151 km. 70 Minuten. Sehr eng. Ich werde etwas schneller fahren müssen.

Mit Julia häuften sich die Spannungen. Einerseits gab es die Diskussionen über noch zu befürchtende Außenstände bei ihr, andererseits fühlte sie sich angeblich gesellschaftlich übergangen. Man würde sie nicht registrieren, sondern ausschließlich nur mich, was so nicht stimmte. Ich achtete stets darauf, sie mit ihrem Doktortitel vorzustellen, und da sie eine attraktive und interessante Gesprächspartnerin war, verfehlte sie ihre Wirkung in Gesellschaft auch nicht. Daheim begann sie plötzlich wegen Nichtigkeiten die Beherrschung zu verlieren und laut zu werden, was ich bei ihr in all den Jahren bisher nicht gekannt hatte und womit ich auch nicht gut umgehen konnte.

Eines Abends waren wir bei meinem italienischen Freund zum Essen eingeladen. Da er und seine Gattin ebenso begeisterte wie talentierte Hobbyköche sind, verlebten wir einen kulinarisch ansprechenden Abend, der mit einem guten alten Grappa begann und dem obligatorischen Expresso endete. Während des Essens unterhielten wir uns über Padua und Giotto, das kurz zuvor abgebrannte Fenice und Verona. Weil mein Freund mein Radio als Techniker mit aufgebaut hatte, kam das Gespräch irgendwann zwangsläufig auf diesbezügliche gemeinsame Erfahrungen. Er erinnerte an heikle Zeiten, in denen das Projekt mehrmals zu kippen drohte, wie ich es immer wieder geschafft hatte, die Situation durch beherztes und kreatives Agieren zu retten. Unter den Mitarbeitern, so erzählte er, bestand die Auffassung: »Wir wissen zwar nicht, wie er es diesmal wieder schafft, aber wir wissen, dass er es schafft!« Sie hatten offensichtlich mehr Vertrauen in mich, als ich in manchen Situationen in mich selbst.

An dieser Stelle meinte sie urplötzlich lapidar, ich hätte all die Jahre doch nur ferngesehen und geschlafen. Mein Freund und ich schauten uns verdutzt an, als ob wir nicht recht verstanden hätten, reagierten aber nicht auf ihren Einwurf. Der zuvor schöne Abend war jedoch kurz danach beendet. Tief verletzt fuhr ich mit ihr heim. Erstmals, seitdem wir uns kannten, saßen wir nebeneinander im Auto und sprachen kein einziges Wort miteinander. Unsere Seelen waren auf einmal nicht mehr im Einklang. Wie konnte man seinen Partner vor Freunden so bloßstellen? Vor allem, wie konnte sie aufgrund der Sachlage und unseres bisherigen Zusammenlebens so etwas Unsinniges gegenüber Dritten behaupten? Ich war fassungslos und igelte mich ein. Am nächsten Morgen rief mich mein Freund in aller Frühe im Büro an und fragte, noch immer ganz aufgelöst, was das denn am gestrigen Abend gewesen sei. Wie konnte eine Frau ihrem Mann so in den Rücken fallen? Wenn seine Frau sich so verhalten hätte, hätte er sie noch am selben Abend zum Teufel gejagt. Ich entgegnete ihm, ich sei genauso fassungslos und tief getroffen wie er, könne mir aber nicht erklären, warum sie so etwas gesagt hatte. Seit diesem Ereignis begann der Boden unter mir zu schwanken. Hatte ich bezüglich meiner Lebenspartnerin erneut eine Fehlentscheidung getroffen?

Achtung, jetzt kommt Bitterfeld. Zu DDR Zeiten die reinste Giftkloake. Beim Vorbeifahren musste man fast die Luft anhalten, wenn man heil in Berlin ankommen wollte. Die Akkumulation von Giften aus vielen Jahren umweltzerstörenden Wirtschaftens trug der Stadt den wenig schmeichelhaften Titel »dreckigste Stadt Europas«

ein. Noch heute bezeichnet das Bitterfeld-Syndrom eine menschlich bedingte Bodenverschlechterung durch lokale Vergiftung, Abfallakkumulation und Altlasten. Wie durch einen speziellen Farbfilter betrachtet, lag eine monochrome, graubraun-grünliche Lasur über Häusern, Landschaft und Fabriken. Da reinigte selbst ein so unglaubliches Unwetter wie heute nichts mehr. Während der Naziherrschaft mussten hunderte von Kriegsgefangenen, Männer und Frauen unterschiedlicher Nationalität, Zwangsarbeit in den Chemie- und Rüstungsbetrieben der Stadt verrichten. Nach dem Zweiten Weltkrieg wurden die Betriebe zwar weitergeführt, aber es wurden keine Modernisierungen mehr vorgenommen, was zu dieser unglaublichen Umweltverschmutzung führte. Vielleicht war dies die Antwort der DDR-Regierung auf den Umstand, dass Bitterfeld 1953 zu den wichtigsten Zentren des Volksaufstands gegen die SED-Diktatur gehört hatte. Heute sind die ehemaligen Tagebauflächen geflutet und renaturiert, die chemischen Betriebe den heutigen Standards des Umweltschutzes angepasst.

22.56 Uhr. Hinweis: Berlin 143 km. Als nächsten Ort werde ich Dessau passieren. Mit dem Namen verbindet sich Positives, aber auch Negatives bei mir. Schon in meiner Jugend fiel im Spiel häufig der Begriff »du alter Dessauer«, ohne eigentlich zu wissen, wer oder was sich hinter diesem Namen verbarg oder was man damit genau ausdrücken wollte. Der Mann, auf den dieser Spruch zurückgeht, war Leopold I., Fürst von AnhaltDessau, der erste wichtige preußische Heeresreformer, durch dessen Reformen das preußische Heer das schlagkräftigste Europas wurde. Als preußischer Generalfeldmarschall wurde er später ein enger Vertrauter von Friedrich Wilhelm I. und – obwohl Nichtraucher – Mitglied des Tabakskollegiums. Legendär sein Gebet am Vorabend der Schlacht von Kesselsdorf: »Lieber Gott, stehe mir heute gnädig bei! Oder willst Du nicht, so hilf wenigstens die Schurken, die Feinde nicht, sondern siehe zu, wie es kommt!« Auch in seinem Dessau unternahm Leopold viele Reformen in den Bereichen Landwirtschaft, Steuern, Infrastruktur und Ansiedlung von Manufakturen. Überliefert ist eine Episode, in der er, als die Topfhändlerinnen in der Spittelstraße über schlechte Geschäfte lamentierten, mit seinem Pferd die gesamte Ware zusammenritt und den angerichteten Schaden anschließend auf dem Schloss auf Heller und Pfennig beglich. Die Brüder Grimm hörten von dieser Begebenheit und fügten sie in das Märchen von König Drosselbart ein. Als er 1747 verstarb, bemerkte Friedrich II., der ihm viel zu verdanken hatte, nur desinteressiert: »Der Alte Dessauer ist verrecket.« Die Reformfreude Leopolds I. führte sein Enkel, Leopold III., später »Vater Franz« genannt, fort. Mitten im Siebenjährigen Krieg trat er aus der preußischen Armee aus und erklärte Anhalt-Dessau für neutral. Nach Ende des Kriegs brach er zu ausgedehnten Kavaliersreisen auf, deren Eindrücke er in Form eines tiefgreifenden Reformwerks umsetzte. Auch wenn nicht allen seinen Reformprojekten nachhaltiger Erfolg beschieden war, entstand doch ein reger Bildungstourismus nach Dessau. Viele Geistesgrößen der Zeit wollten den »Musterstaat Anhalt«, dessen Ruf weit nach Europa ausstrahlte, mit eigenen Augen sehen. Wie, stelle ich mir manchmal vor, hätte sich ein Wechsel des gesuchten Dichters von Frankfurt nach Dessau ausgewirkt? Hätte es sein Werk beflügelt oder wäre er unbedeutender geworden an diesem Ort, der größer war und mehr Welt atmete als sein erwählter ländlicherer Wohnort? Er und Leopold III. waren jedenfalls über Jahrzehnte befreundet und arbeiteten um 1780 eng zusammen. Er bewunderte vor allem Leopolds Gartenwerk, was man in einem seiner Werke nachlesen kann. Auch während der napoleonischen Kriege bewahrte Leopold III. Neutralität, konnte

Kontributionen vom Land abwenden, musste aber häufige Einquartierungen französischer Truppen erdulden. Hochbetagt starb er im Jahre 1817. Sein Werk wirkt auch heute noch als Unesco-Weltkulturerbe Dessau-Wörlitzer Gartenreich nach.

Als segensreich und verheerend zugleich erwies sich die Elbbrücke, die sich bis zum Dreißigjährigen Krieg nördlich der heutigen bei Vockerode verlaufenden Brücke bei Rosslau befand. Da sie im Gegensatz zu den Brücken in Magdeburg und Wittenberg als einzige nicht mit einer Festung geschützt war, wurde Dessau wiederholt Durchmarschgebiet aller kriegführenden Parteien im Dreißigjährigen Krieg. Fortdauernde Einquartierungen, Requirierungen und Verpflegung der Truppen, Kontributionen und Verpflichtungen zu Schanzarbeiten ließen Stadt und Land verarmen. Hinzu kam nach der Zerstörung der Brücke das Versiegen der Handelsströme und eine Pestepidemie Ende der 1620er Jahre. Ein wichtiger Meilenstein zur Imageerhaltung der Stadt war der Zuzug der Kunsthochschule Bauhaus aus Weimar ab dem Jahr 1925, ein Schandfleck hingegen das in der Dessauer Zuckerraffinerie GmbH hergestellte Zyklon B, welches zwischen 1942 und 1945 in den Gaskammern der Konzentrationslager Majdanek, Mauthausen, Sachsenhausen, Ravensbrück, Stutthof und Neuengamme zu Tötungszwecken eingesetzt wurde.

Seit der Wende verlor Dessau aufgrund hoher Arbeitslosigkeit mehr als 25 % seiner Bevölkerung, vor allem bei den Jüngeren, und machte wiederholt Negativschlagzeilen im Rassismusbereich: Alberto Adriana, im Jahre 2000 von Neonazis im Stadtpark zu Tode geprügelt. Mario Bichtemann, im Jahr 2002 betrunken in einer Zelle des Polizeireviers eingeliefert, stirbt darin an einem Schädelbasisbruch, Ermittlungen werden eingestellt. Oury Jalloh, im Jahre 2005 gefesselt auf einer feuerfesten Matratze in einer Zelle des Polizeireviers verbrannt. Hans-Joachim Sbrzesny, in der Nacht zum 1. August 2008 von Neonazis im Stadtpark zu Tode geprügelt. Was hätte Vater Franz zu all diesen furchtbaren Ausschreitungen seiner Dessauer gesagt? Noch ein Name fällt mir ein, wenn ich an Dessau vorüberfahre: Kurt Weill. Der hier geborene Komponist begegnete mir in der Zusammenarbeit mit Ernst Busch und Bert Brecht, vor allem in der »Dreigroschenoper« und dem »Aufstieg und Fall der Stadt Mahagonny«. Als Jude musste er 1933 in die USA emigrieren, nahm die amerikanische Staatsbürgerschaft an und bezeichnete sich fortan als amerikanischen Komponisten, der vorwiegend in Hollywood arbeitete und Filmmusiken schrieb. Manchmal am Sonntagmorgen, wenn ich für den Tag ein ganz bestimmtes Gefühl aufbauen möchte, höre ich statt Bob Marley oder den Wings ein Album von Lotte Lenya, seiner Gattin und hervorragenden Interpretin seiner Lieder. »Surabaya-Johnny, warum bist du nur so? Du hast kein Herz Johnny, doch ich liebe dich so.« Merkwürdig, was mir auf dieser Fahrt alles durch den Kopf geht. Als ob wichtige Passagen meines bisherigen Lebens noch einmal an mir vorüberziehen würden.

Jetzt überquere ich bei Vockerode die Elbe, einen der großen deutschen Flüsse und befinde mich mitten im Biosphären-Reservat Mittelelbe, welches sich von Wittenberg über Dessau und Magdeburg bis nach Seehausen erstreckt. Wie spät ist es eigentlich? 23.01 Uhr. Berlin ist noch 117 km entfernt. Es könnte gelingen, zumal ich jetzt wieder etwas schneller geworden bin. Wenn nur dieser ununterbrochene Regen endlich einmal aufhören würde. Soviel Wasser kann sich doch dort oben gar nicht angesammelt haben. Und dann die Blitze! Was für Blitze sind das eigentlich? Ich glaube, man unterscheidet drei Arten von Blitzen. Den Erdblitz, auch Negativblitz genannt, den Positivblitz, der nicht selten von den oberen Regionen der Gewitterwolken bis zum Erdboden reicht, und den Wolkenblitz. Gefühlt dürften das hier alles Positivblitze von über 10 km Länge gewesen sein. Wahnsinn! Aufgrund der Monotonie des ununterbrochen fallenden Regens und des Schlagens der Wischerblätter hat sich in mir trotz bestehender Ängste und Wischernervereien eine eigenartig angespannte Ruhe ausgebreitet. Fast geistesabwesend meinen Grübeleien erlegen, reagiere ich bisher dennoch fahrtechnisch richtig, obwohl ich mich fortwährend gedanklich aus der bedrohlichen Gegenwart entferne.

Seit Triptis regnet es pausenlos. Nein, es regnet nicht, es gießt. Es schüttet förmlich vom Himmel. Ohne Unterlass. Nicht nur hier, wo ich fahre, sondern zeitgleich in Bayern, Sachsen, Thüringen, Sachsen-Anhalt und Brandenburg, wie ich den immer wieder eingestreuten Meldungen unterbewusst entnehme. Wo soll das hinführen? Versinkt der süd- und nordöstliche Teil der Bundesrepublik in Regenfluten wie 2002 weite Elbgebiete? Wie viele Menschen sind jetzt wohl unterwegs, weil sie einen Schaden erlitten haben oder um entstandene Schäden zu beheben? Autofahrer, Hausbesitzer, Polizei, Feuerwehr, THW, Rettungsdienste. Wie viele umgestürzte Bäume müssen beseitigt, Keller leergepumpt, Unterführungen gesperrt werden? Wie viele Staus mag es mittlerweile geben? Wie viele Unfälle, vielleicht sogar Tote? Es geht mir nicht gut. All diese Grübeleien zermürben mich allmählich. Sie machen mich traurig. Je näher ich dem jeweiligen unausweichlichen Ende komme, desto trauriger werde ich. Dazu dieser Regen, der Sturm, Donner und Blitz. Ob es wieder über einhunderttausend Blitze werden bei diesem Unwetter? Welche ungeheure Energie dabei ungenutzt verpufft. Warum kann man Blitze nicht nutzbar machen wie Erdwärme, Wind, Wasser oder Sonnenenergie?

23.02 Uhr. Coswig. Ab hier durchquert die A 9 den Fläming. Westlich den Hohen, östlich den Niederen Fläming. In der gesamten nun sich anschließenden Region wurden, zum Teil schon zu DDR Zeiten, weitläufige Naturparks angelegt, in denen sich seltene Tier- und Pflanzenarten angesiedelt haben. Wölfe soll es hier in kleinerer Zahl auch wieder geben, die ersten Schafe sind bereits gerissen. Bei Coswig grenzt der Naturpark Fläming an das Biosphärenreservat Mittlere Elbe, welches das Dessau-Wörlitzer Gartenreich samt Unesco-Weltkulturerbe Wörlitzer Park mit einschließt. Mit der Eröffnung des Naturparks ist westlich der A 9 ein riesiges Gebiet mit unterschiedlichen Schutzstufen entstanden, das von den Belziger Landschaftswiesen im Norden über den Naturpark Hoher Fläming und den Naturpark Fläming bis zur südlichen Elbaue reicht. Wenige Kilometer südöstlich der A 9, auf Höhe von Oranienbaum, schließt sich an das Biosphärenreservat mit der Heidelandschaft des Naturparks Dübener Heide ein weiteres Schutzgebiet an. Nordöstlich folgt später der Naturpark Nuthe-Neplitz, benannt nach den beiden Flüssen, von denen ich früher in der Schule auch nie ein Wort hörte.

Napoleon und Goethe drängen sich mir wieder auf. Ihr Treffen am 2. Oktober 1808 in Erfurt, in der Mainzer Statthalterei, anlässlich des Fürstenkongresses. Brutale, elementarste Menschenrechte missachtende politische Macht in Form des etwas unförmigen Napoleon, dessen massiver Rumpf nicht zu seinem Unterleib passte und dessen Kopf straußmäßig unmittelbar auf den Schultern steckte, traf hier auf feinfühlige, menschenliebende geistig-moralische Macht in Form des stattlichen und aufrechten Goethe. Naturverachter und -zerstörer traf auf Naturbewunderer und – bewahrer. Vielleicht fallen sie mir deshalb in diesen Naturschutzgebieten wieder ein.

Wie oft hatte ich mir diese Szene idealisiert ausgemalt: Ein großer, an der Fensterseite heller Raum. Im gleißenden

Sonnenlicht steht kerzengerade, fast ein wenig steif, Goethe, eine natürliche Erhabenheit und Würde ausstrahlend. Festen Blickes schaut er auf seinen Gastgeber Napoleon hinunter. Dieser hockt etwas verkrampft auf einem Stuhl an einem gedeckten runden Tisch, an dem nur er sitzt und isst. Der Tisch befindet sich im hinteren, etwas dunkleren Teil des Raumes. Ängstlich um sich blickend kauert der Korse auf seinem Stuhl, wohl fürchtend, eine der ihn stehend umgebenden Personen könne ihm nach dem Leben trachten. Auf sich spürt er den klaren und stechenden Blick des Genies und dessen moralische und geistige Überlegenheit. Wenn er zu Goethe aufsieht, muss er gegen das grelle Licht anschauen, wird förmlich geblendet. Der erhabene Schöngeist erdrückt den linkischen Schlächter durch einfaches Dastehen und Hinabschauen. So war es aber leider nicht. Goethe, der das Reich des Geistes repräsentierte, machte in Wirklichkeit vor dem Herrn über die Materie eine tiefe Verbeugung und empfand sie auch so. Was war der Grund dafür?

Wenngleich Napoleon viel las, nach eigenem Bekunden den Werther, den er auch in seiner Reisebibliothek mitführte, gleich mehrmals, so machte er dennoch nicht den Eindruck eines Mannes von Geist, wie eine Dame bemerkte, sondern eher den eines Individuums, welchem man nicht gern abends im Walde begegnen möchte. Napoleons Großkämmerer Talleyrand formulierte es so: »Das französische Volk ist zivilisiert, sein Herrscher ist es nicht«. Er hatte erkannt, dass Napoleon lediglich die Zivilisation der römischen Geschichte besaß und ganz eigene egoistische Ziele verfolgte, die ausschließlich dem eigenen Ruhm und Vermögen dienten: »Der Rhein, die Alpen und die Pyrenäen sind von dem gesamten Frankreich erobert worden, alles übrige vom Kaiser, daran hat Frankreich kein Interesse.« Als gebürtiger Korse mit italienischen Wurzeln sprach Napoleon zeitlebens nicht einmal korrekt Französisch, vom Schreiben ganz abgesehen. Daher auch sein Hang zu stakkatoartigen Mitteilungen. Seine Bildung konzentrierte sich vorwiegend auf militärische und historische Schriften. Raynal verschlang er geradezu, dazu Rousseau, ergänzend Voltaire, den er in Wieland, dem frühen Propheten seines eigenen Aufstiegs, wiederzuerkennen glaubte. Deshalb bestand er auch in Erfurt ausdrücklich auf einem Treffen mit ihm, ließ ihn, der sich aufs Land zu flüchten versuchte, eigens mit dem Wagen abholen und zwang ihn auf einem Festbankett in ein eineinhalbstündiges Gespräch, bis der alte Herr völlig erschöpft bat, heimgehen zu dürfen.

Napoleon war nicht so klein, wie immer wieder behauptet wird, sondern mit ca. 1,69 m nur ein wenig kleiner als der 1,74 m große Goethe. Die fälschlich kommunizierte geringe Körpergröße ergab sich aus einem Übertragungsfehler aus einer englischen Messung und Napoleons Vorliebe, sich mit großen Männern zu umgeben, weshalb er auf Darstellungen oft kleiner wirkt. Er war ein stets vor der Explosion befindliches Energiebündel mit einer scheinbar klaren Vorstellung, wie er die Welt neu gestalten wollte, wobei er weder von den Skrupeln eines Moralisten geplagt noch von den Bedenken eines Philosophen gehemmt wurde. Bei der Umsetzung seiner Ziele griff er tatkräftig und brutal durch. Menschenleben spielten in seinen Überlegungen keine Rolle. Seine frühen Erfolge und sein Ansehen verdankte er neben einigen militärischen Erfolgen vor allem dem Umstand, rigoros mit den Irrungen und Wirrungen der Französischen Revolution aufgeräumt zu haben, wobei er nicht davor zurückschreckte, einige Hundert Zivilisten rücksichtslos zusammenschießen zu lassen. Er war ein Soldat, dem Zucht und Ordnung in Fleisch und Blut übergegangen waren, worin auch der Kern für Goethes eigentlich unverständliche, aber fast grenzenlose Verehrung für »seinen geliebten Kaiser« liegt, der ihm bei Gegenüberstellung der Charaktere und angestrebten Werte eigentlich hätte zuwider sein müssen.

Goethe und Napoleon wollten beide eine vermeintlich bessere Welt erschaffen, die sie entsprechend ihren eigenen Zielsetzungen und individuellen Prägungen für sich formten und formulierten. Während sich Goethe aber damit begnügen musste, seine moralisierenden Vorstellungen lediglich auf dem Papier darzustellen und zu hoffen, die Menschen würden seinen Gedanken folgend ein sinnvolleres Leben führen, griff Napoleon direkt nach der militärischen und politischen Macht und setzte seine Vorstellungen um den Preis millionenfachen Todes, menschlichen und wirtschaftlichen Elends gnadenlos durch. Dennoch liebte und verehrte Goethe ihn. Noch zu Zeiten des Wiener Kongresses, als sich Napoleon bereits auf St. Helena unter der sicheren Obhut der Engländer befand, trug er, sehr zur Verwunderung seines Umfeldes, stolz das Kreuz der Ehrenlegion, welches ihm »sein Kaiser« verliehen hatte. Dabei zeigte sich die grundlegende Gegensätzlichkeit der beiden bereits eindeutig in ihrem kurzen Wortwechsel Tacitus betreffend. »Êtes-vous de ceux qui aiment Tacite?« – »Oui, Sire, beaucoup." – »Eh bien! pas moi;« Wie hätte er auch den römischen Historiker mögen sollen, der sich in seinen »Annales« so eindeutig zur Republik und gegen das Kaisertum bekannt hatte?

Goethe, dessen geistige Bedeutung Napoleon kein wirklicher Begriff war, auch wenn er, wie damals halb Europa, den Werther gelesen hatte, verdankte seine Einladung auch nicht der direkten Wertschätzung Napoleons wie Wieland, sondern politischem Kalkül. »Verschaffen sie mir Zeit«, war die Anweisung Napoleons an Talleyrand. »Souvenez-vous bien, que tout ce qui retarde, m'est utile.« Diese Zeit benötigte er im politischen Ränkespiel um politische Koalitionen mit Österreich, Russland und den deutschen Fürsten.

Um den anwesenden Herrschern nicht für Gespräche zur Verfügung stehen zu können, dehnte man das Frühstück Napoleons übergebührlich aus, obwohl dieser seine Mahlzeiten normalerweise bar guter Tischsitten wie ein ausgehungerter Löwe verschlang, wie Wieland es notierte. Nicht selten aß er mit den Fingern direkt aus den Schüsseln, stopfte sich dabei den Mund zu voll und beschmutzte seine Garderobe. Zur Tarnung der eigentlichen Absicht, Zeit zu schinden, lud man nationale Persönlichkeiten als Ansprechpartner hinzu, so auch Goethe. Er verdankte seine Einladung also lediglich politischem Taktieren und dem Vorschlag literarisch versierter Personen wie Staatssekretär Maret und Kontributionseintreiber und Horazübersetzer Daru oder Marschall Lannes, der zwei Jahre zuvor im Hause Goethe logiert hatte. Er war also nichts weiter als ein nützlicher Pausenfüller.

Goethe musste während der gesamten Audienzzeit, etwa eineinhalb Stunden, auf Abstand stehen bleiben wie ein Lakei und teilte auch dessen Wertigkeit. Napoleon saß währenddessen, aß, empfing, delegierte, besprach und richtete hin und wieder das Wort an ihn. Objektiv betrachtet war die Zusammenkunft entwürdigend für einen Mann wie Goethe, der normalerweise hofiert und bewundert wurde. Subjektiv empfand er sich als Teilnehmer am großen Weltgeschehen und sah sich auf Augenhöhe als Genie des Geistes gegenüber dem Genie der Macht! Das »Vous êtes un homme« bei der Begrüßung Goethes war aber nicht das »ecce homo«, wie Goethe es für sich auslegte, sondern lediglich der stattlichen körperlichen Erscheinung des mittlerweile sechzigjährigen Goethe geschuldet. Dennoch konnte ihm, laut eigenem Bekunden, nichts Höheres in seinem ganzen Leben begegnen, als von dem Schlächter und Egomanen zwischen zwei Bissen herablassend angesprochen zu werden.

Seinen Faust läßt Goethe sagen: »Mir hilft der Geist! Auf einmal seh' ich Rat Und schreibe getrost: Im Anfang war die Tat!« Nicht wie in der Bibel steht bei ihm zuerst das Wort »Im Anfang war das Wort, und das Wort war bei Gott, und Gott war das Wort«, sondern die Tat, und Napoleon war die personifizierte Tat. Er musste es sein, weil ihm nur die fortwährend erfolgreiche Tat seinen Machterhalt sicherte. In der scheinbar vollbrachten ordnenden Tat begründet lag die grenzenlose Bewunderung Goethes für seinen Kaiser, die über die Verbrechen dieses millionenfach Menschenleben vernichtenden Mannes offensichtlich hinwegsah! Dabei entging ihm in seiner Bewunderung ebenso, dass Napoleon eher ein reagierender als ein agierender Herrscher war, was dieser auch freimütig selbst eingestand.

Goethe wollte lieber sterben, als Unordnung ertragen zu müssen. Er war nach eigenem Bekunden eher bereit, ein Unrecht zu begehen, als Unordnung zuzulassen. Lege ich diese grundsätzliche Einstellung zugrunde und addiere die Wirren der Weimarer Republik und seine mehrfach belegte Judenfeindlichkeit hinzu, bin ich ganz froh, dass diese zu recht glorifizierte Ikone deutschen Geistes nach 1933 bereits Geschichte war. Zu welchen Irritationen mit Hitler hätte es sonst aufgrund der Erfahrungen mit Napoleon führen können?

Diese Gedanken berauschen mich nicht, ebenso wenig wie die an dich, Fee und an Julia. Das Wetter nervt. Mehr als eine Stunde reine Fahrtzeit und einhundert Kilometer Autobahn nur Regen, Regen, Regen. Dazu immer noch Angst einflößender Sturm, Donner und Blitz. Weltuntergangsstimmung. Bin ich überhaupt noch konzentriert, oder bin ich schon in einen tranceähnlichen Zustand gefallen wie früher beim Langlauf, wenn ein bestimmter Grad der körperlichen Belastung überschritten war? Beeinträchtigen meine Grübeleien meine Konzentrationsfähigkeit, oder laufen in meinem Kopf zwei Filme parallel ab? Wie mag es den anderen Autofahrern ergehen? Eine seltsame Spannung liegt greifbar in der Luft, als ob etwas Schlimmes passieren würde. Gibt es Vorahnungen? Bin ich in Gefahr? Die Luft scheint voll böser Geister.

Warum müssen die Menschen nur immer gegeneinander kämpfen, sich schaden, statt sich zu stützen? Ich bin müde, möchte nicht mehr kämpfen. Ich möchte nur meine Ruhe haben. Vielleicht noch diesen einen innigen Moment mit Julia, und dann möchte ich einfach meine Ruhe haben. Ich bin es leid, mich permanent belügen zu lassen, egal von wem. Stets auf der Hut sein zu müssen, um nicht übervorteilt zu werden. Politik, Wirtschaft, Gesellschaft, Schule, Mitarbeiter, Freunde, Partnerinnen, Körper. Überall nur Lug und Betrug. Das achte Gebot ist vollends außer Kraft gesetzt. Gleich morgens beginnt es, wenn mir im Radio Livegespräche vorgegaukelt werden, obwohl alle Interviews vorproduziert werden, um Pannen zu vermeiden. All die vermeintlich witzigen spontanen Telefonate auf den Privatsendern – alles aufgezeichnet und bearbeitet. Wenn ich die Cornflakesschachtel, die Kaffeedose oder die Katzenfutterschachtel öffne, überall das gleiche Bild: Die Füllmenge ist wesentlich geringer, als die Verpackung es erwarten lässt. Für diesen Betrug werden zudem mehr Rohstoffe verbraucht und es wird mehr Müll produziert, als es eigentlich notwendig wäre.

Wenn ich tanken fahre, kann es passieren, dass ich mehrmals am Tage einen anderen Preis sehe. Differenzen bis zu 6 oder 7 Cent sind keine Seltenheit. Angeblich basieren die Preiskalkulationen der Mineralölgesellschaften auf den jeweiligen Einkaufspreisen, dabei kommt doch der Tanklastzug maximal nur alle paar Tage einmal vorbei, müsste der

Preis also zumindest die Tage dazwischen konstant bleiben. Wenn der Verbraucher aufgrund überhöhter Benzinpreise aufmuckt, bläst die Politik kurz mit einer populistischen Forderung mit ins Horn, obwohl sie von den Preiserhöhungen über die Mineralölsteuer mit profitiert und die Lobbyisten der Konzerne vor allem zu Wahlkampfzeiten gern in den Parteizentralen empfängt. »Leben ist Kampf«, sagte der gesuchte Dichter. Hitler, so mein unbelesener Vater, habe hinzufügt: »Und wer nicht bereit ist zu kämpfen, hat es nicht verdient zu leben!« Der Spruch kam meist, wenn sich mein alter Herr mal wieder in wirtschaftlicher Schieflage befand. Habe ich es nicht mehr verdient zu leben, weil ich nicht mehr kämpfen will? Muss ich deshalb abtreten? Ist das verheerende Unwetter die Ankündigung meines eigenen Unterganges?

23.13 Uhr. Hinweis: Berlin 101 km. Es könnte gerade noch reichen, wenn ich bei diesem Tempo bleibe, zumindest für ein paar gemeinsame Minuten. Ich darf aber jetzt nicht leichtsinnig werden. Das letzte Mal, nachdem wir uns zuvor wiederholt in Nürnberg gesehen hatten, traf ich dich in meinem Ferienhaus. Plötzlich warst du bereit, deine anstehende Fahrradtour in meine Gegend zu verlegen, was mich sehr erfreute. Noch mehr freute es mich, dass du zwei oder drei Tage bleiben und auch tagsüber etwas mit mir unternehmen wolltest. Ich sehe dich noch vor mir, wie du plötzlich mit deinem Fahrrad angefahren kamst, vor meinem Gartentor stehen bliebst, mich verschwitzt anlächeltest und höflich fragtest, ob du hereinkommen dürftest, um dich etwas frisch zu machen. Natürlich durftest du. Nichts auf der Welt war mir lieber, als dich in meinem Hause begrüßen und bewirten zu dürfen. Nachdem wir einen Tee getrunken, ein paar Brote gegessen und uns etwas unterhalten hatten, wolltest du gern noch ein bisschen fahren, weil du dich für den Tag noch nicht genügend ausgepowert fühltest. Ich schlug dir vor, mit dem Fahrrad nach Ribbeck zu fahren, wohin ich dir etwas später mit dem Auto folgen würde.

In Ribbeck war ich ein paar Jahre nicht mehr gewesen und angenehm überrascht, wie sehr sich die gesamte Anlage bei dem Schloss in der Zwischenzeit positiv verändert hatte. Auch das Schloss selbst war mittlerweile vollständig renoviert und erstrahlte in neuem Glanz. Alles sah so aus, als wenn ein tatkräftiger Tourismusverband das Anwesen unter seine Fittiche genommen hätte. Ähnlich wie in Disneyland die Mickey Mouse den Dekor bestimmt, beherrscht hier die Birne die Verkaufstheken und Werbeunterlagen. Es gibt Birnenmarmelade, Birnenschnaps, Birnenlikör und Birnenessig, seit einigen Jahren sogar eine kleine Parkanlage mit diversen Birnenbäumen. Der Ort sollte Herrn Fontane post mortem Tantiemen zahlen. »Unglaublich, was ein gelungenes Gedicht bewirken kann«, sagte ich zu dir. »Welches Gedicht?« »Na, Herr von Ribbeck auf Ribbeck im Havelland, ein Birnbaum in seinem Garten stand.« »Kenne ich nicht!« »Wirklich nicht?« Ich hatte angenommen, dass es an den Schulen in Bayern zum Standardgedichtprogramm gehörte wie »Der Erlkönig«, »Die Bürgschaft«, »Mondnacht«, »Der Knabe im Moor« oder »Belsazar«.

In den neuen Bundesländern war mir gleich aufgefallen, dass die jüngeren Menschen das Gedicht nicht kannten, was mich aber nicht verwunderte. Man konnte im real existierenden Sozialismus ja keinen Gutsherren positiv darstellen, auch wenn der Dichter aus dem Havelland stammte. »So spendet Segen noch immer die Hand Des von Ribbeck auf Ribbeck im Havelland.« Als wir für Kaffee und Kuchen einkehrten, fanden wir das Gedicht gedruckt auf einem Tischchen liegen. Ich nahm es und las es dir vor. Es gefiel dir gut und du stecktest es ein. Beim Kaffee erzählte ich dir, dass der ursprüngliche Birnenbaum tatsächlich auf einer Gruft nahe der Kirche gestanden habe, aber leider einem Sturm zum Opfer gefallen sei. Lediglich ein Stumpf des alten Baumes werde noch in der Kirche verwahrt. Mittlerweile hat man bereits einen zweiten neuen Baum gepflanzt, da der erste kaum Birnen trug.

Nach unserer Heimkehr hatten wir unseren üblichen sexuellen Exzess, danach duschten wir. Zum Wein spielte ich dir auf der Gitarre einige Lieder von Mey und Wader vor, anschließend gingen wir zu Bett und schliefen beide rasch ein. Diesmal fiel keine Tür hinter dir ins Schloss. Am Morgen spürte ich deine Hand zwischen meinen Schenkeln, und ein weiterer wilder Ritt begann noch vor dem Frühstück. Nachdem wir gefrühstückt hatten, meintest du, du möchtest mit mir nach Berlin und am späten Nachmittag mit dem Zug heimfahren. Angeblich hattest du zu große Angst, eine weitere Nacht bei mir zu verbringen. So schlenderten wir den Tag über recht unbefangen durch Berlin, anschließend verabschiedete ich dich traurigen Herzens am Hauptbahnhof. Als du mit deinem Rad in den Zug einstiegst, fiel wieder eine Tür hinter dir ins Schloss. Jenes Mal, so weiß ich heute, war es allerdings das letzte Mal in unserem Leben. Das letzte Mal, dass wir uns sahen, uns berührten, uns liebten, eine Tür ins Schloss fiel. »Wir sehen uns wieder.« »Morgen, denke ich«, versetztest du scherzend. – Ich jedoch fühle das »Morgen« bereits nicht mehr!

Aha! 339 km gefahren, 23.16 Uhr, Sachsen-Anhalt verabschiedet sich, Brandenburg grüßt: »Neue Perspektiven entdecken«. Das kann man auch ironisch auffassen, denn laut Rainald Grebe kommt man hier direkt vom Regen in die Traufe: »Es gibt Länder, wo was los ist. Es gibt Länder, wo richtig was los ist. Und es gibt (Pause): Brandenburg. In Brandenburg, in Brandenburg ist wieder jemand gegen einen Baum gegurkt. Was soll man auch machen mit 17, 18 in Brandenburg? Es ist nicht alles Chanel. Es ist meistens Schlecker. Kein Wunder, dass so viele von hier weggeh'n aus Brandenburg.« Der Weggang, besonders der der jungen Menschen, wird vielen Regionen in den neuen Bundesländern in den nächsten Jahren große Probleme bereiten. Wo keine Jugend, da keine Zukunft. Manchmal habe ich schon bei mir gedacht, die Renaturierung alter Industriestandorte, die Anlage großflächiger Naturparks und die Rückkehr der Wölfe entspricht planerisch dieser Entwicklung. Wird Brandenburg eines Tages zu einem riesigen Naturschutzgebiet mit einigen Dörfern und Einwohnern in Landestracht, damit die dann zu erwartenden asiatischen Touristen originelle Motive zum Fotografieren und Filmen vorfinden?

Hinweis: Burg Rabenstein. Sie zu besuchen, habe ich nicht geschafft, wie so vieles in meinem Leben. Sie stammt meines Wissens aus dem 13. Jahrhundert und hatte aufgrund ihrer Grenzlage zwischen Sachsen und Brandenburg häufige Besitzerwechsel zu verkraften. Erst nach dem Wiener Kongress im Jahre 1815 wechselte die Region um Raben und damit auch die Burganlage endgültig zu Brandenburg- Preußen. Heute findet man in der von Grund auf restaurierten Burg eine Herberge und eine Falknerei.

Hinweis: Berlin 91 km. 23.18 Uhr. Das wird ganz eng. Viel schneller darf ich aber nicht werden. Auch mit Julia, die ich solange geliebt, geachtet und bewundert hatte, ging es zu Ende. Plötzlich verließ uns das »Wir«, und das »Mein« kehrte ein unter ihrem Dach. Mein Haus, mein Garten, mein Schiff. Dies alles, obwohl ich ihr das Schiff geschenkt hatte und der Rest ihr ohne meine finanzielle Hilfe schon lange nicht mehr gehört hätte. Was mich aber wirklich verletzte und vermutlich zu unserem Scheitern führte, war der Umstand, dass sie über ihre wahre wirtschaftliche Situation wieder und wieder keine korrekten Angaben machte und, darauf angesprochen, immer öfter laut und zum Teil auch ausfallend wurde. So hatte ich sie bisher nicht gekannt. Das war nicht mehr die Frau, die ich geheiratet hatte, mit der ich bis zu einem biologischen Ende zusammenleben wollte. Vor allem fühlte ich, dass das Vertrauen, die Basis unserer Beziehung, nicht mehr gegeben war. Der Wechsel vom »Wir« zum »Mein« rückwandelte unser gemeinsames Heim in ihr Haus. Der Fels, auf dem die Burg unserer Ehe scheinbar uneinnehmbar gestanden hatte, begann zu bröckeln. Noch trug er unsere Ehe, aber für wie lange?

Was war mit uns geschehen? Was hatte unsere Ehe so grundlegend verändert? Warum grenzte sie sich plötzlich aus? Was hatte ich übersehen? Aus meiner Sicht hatte ich mir nach wie vor die größte Mühe gegeben, ihr ein aufmerksamer und liebenswerter Partner zu sein. Seitdem ich wusste, dass sie sich gesellschaftlich benachteiligt fühlte, achtete ich noch bewusster als früher darauf, sie vorrangig zu präsentieren. Es half nichts. Subjektiv fühlte sie sich übergangen, was objektiv nicht stimmte. Konnte sie mit meinem Erfolg, der doch auch ihr Erfolg war und uns beiden zugutekam, nicht umgehen? Verglich sie ihn mit ihrem vorherigen Misserfolg? Warum war sie nicht bereit, ihre finanzielle Situation darzustellen? Ich hatte ihr bisher immer, egal wie hoch die Beträge waren, zur Seite gestanden und hätte es auch zukünftig getan. Ich wollte lediglich einen Überblick erhalten, was in den nächsten Jahren noch auf mich zukommen könnte. Ist es nicht normal, dass man in einer Ehe offen miteinander umgeht und sagt, wie die Dinge stehen? Sie wusste alles von mir, hatte Zugang zu meinem Arbeitszimmer, meinem Schreibtisch, meinen Konten. Was bewog sie, sich ihrerseits zu verschließen und unsere Ehe damit aufs Spiel zu setzen?

23.19 Uhr. Ausfahrt Bad Belzig, Treuenbrietzen und Nemegk. Ich durchfahre jetzt westlich den Naturpark Hoher Fläming. Der Fläming ist ein eiszeitlich entstandener Höhenrücken zwischen Urstromtälern, auf dem bereits vor sechstausend Jahren menschliche Besiedelung nachweisbar ist. Als Wasserscheide trennt er die Gewässer, die südlich in die Elbe und nördlich in die Spree und die Havel fließen. Bis Mitte des 12. Jahrhunderts war er die natürliche Grenzbarriere zwischen Deutschen und Slawen. Seinen heutigen Namen erhielt er erst im 19. Jahrhundert infolge der hier angesiedelten Flamen. Bad Belzig wurde wiederholt Opfer kriegerischer Handlungen durch magdeburgische Bischöfe, spanische Truppen im Schmalkaldischen Krieg, schwedische Söldner im Dreißigjährigen Krieg und Napoleons Truppen in der Schlacht bei Hagelberg, in der sich etwa zweiundzwanzigtausend Soldaten gegenüberstanden, von denen etwas über dreitausend nicht überlebten.

Treuenbrietzen hieß früher nur Britzen. Hinter dem Zusatz »Treuen« verbirgt sich eine lehrreiche Geschichte. Mit dem Markgrafen Woldemar waren 1319 die brandenburgischen Askanier ausgestorben, und der Wittelsbacher Kaiser Ludwig der Bayer verlieh Brandenburg seinem Sohn Ludwig. 1348 tauchte überraschend ein alter Pilger auf, behauptete, er sei Woldemar, seine Bestattung 1319 sei nur inszeniert und er all die Jahre auf Pilgerfahrt im Heiligen Land gewesen. Unter den Gegnern der bayerischen Wittelsbacher fand er schnell Unterstützer, so dass Kaiser Karl IV. sich veranlasst sah, ihn mit der Mark Brandenburg zu belehnen. Nur wenige Städte hielten wie Britzen weiterhin zu den Wittelsbachern. Es verweigerte dem falschen Woldemar den Zutritt, wofür es den Namensvorsatz »Treuen« erhielt.

Der falsche Woldemar wurde erst zwei Jahre später als Betrüger entlarvt und abgesetzt, als Karl ihn wegen eines

Übereinkommens mit den Wittelsbachern fallen ließ. Ich liebe solche Geschichten, zeigen sie uns doch, wie hinter den Kulissen gekungelt wird, sich Interessengruppen bilden und wie leicht vermeintlich festverwurzelte Besitzstände im Nu vom Tisch gewischt werden können. Wer hätte damit gerechnet, wie sang- und klanglos die DDR samt Mauer und Stacheldraht verschwand? Die Sowjetunion? Die harmonische Ehe mit Julia? In Treuenbrietzen kreuzen sich der alte Handelsweg von Berlin nach Leipzig und der möglicherweise noch bedeutendere von Magdeburg über Jüterbog nach Osten und Südosten, weshalb das Gebiet um die Stadt herum zum Ende des Zweiten Weltkriegs stark umkämpft war und durch das Massaker von Treuenbrietzen traurige Berühmtheit erlangte. Die Rote Armee erschoss hier am 23. April 1945 im Wald rund 1000 Zivilisten, vorrangig Männer, nachdem die Deutschen kurz zuvor 127 italienische Gefangene erschossen hatten. Beides waren verabscheuungswürdige Kriegsverbrechen.

Auch der Schlächter Napoleon, dessen skrupellosen Ehrgeiz ohnehin mehrere Millionen Menschen mit ihrem Leben, dem Verlust von Hab und Gut, Krankheit und körperlicher Versehrtheit bezahlten, war wie der Massenmörder Hitler ein ausgewiesener Kriegsverbrecher. Als er während seines Aufenthalts in Ägypten Jaffa einnahm, ließ er nicht nur alles, was sich ihm entgegenstellte in einer Orgie von Vergewaltigung und Mord niedermetzeln, sondern auch diejenigen, die sich bereits ergeben hatten. Einige tausend Kriegsgefangene wurden an den Strand geführt, teils füsiliert, teils erschlagen, teils ins offene Meer gejagt, wo sie jämmerlich ertranken. Optisch stelle ich mir dieses Massaker wie das alljährliche Robbenschlachten vor, bei dem sich der Strand und das Meer blutrot färben, nachdem die Robbenbabys mit einem Knüppel erschlagen und ihnen das kostbare Fell abgezogen worden ist. Unter den Opfern, so ein Augenzeuge, »entdeckten wir zahlreiche Kinder, die sich im verzweifelten Todeskampf an ihre Väter geklammert hatten.« Das widerwärtige Gemetzel war nachweislich von Bonaparte persönlich angeordnet worden, weil er, wie er sich später rechtfertigte, nicht gewusst habe, wie er die Kriegsgefangenen ernähren oder bewachen lassen sollte. Soldaten waren für Napoleon keine Menschen, sondern Maschinen, die man ein- und, dank der vom Nationalkonvent eingeführten »Levée en masse«, fast beliebig ersetzen konnte, um Gegner rücksichtslos niederzuwalzen. Für die Erreichung seiner Ziele war er nicht nur bereit, ohne mit der Wimper zu zucken Soldaten in unbegrenzter Zahl hinzugeben, sondern ebenso bedenkenlos Zivilisten zu massakrieren. »Ich hatte nur 1200 Mann in Pavia. Das Geschrei der Bewohner, das in meine Ohren drang, war mir unerträglich; wären es 20.000 Mann gewesen, so hätte die Zahl das Wehgeschrei erstickt, und ich hätte nichts davon vernommen.« Seine Bewunderung für den Preußen Friedrich II. galt vor allem dessen Befähigung, seine Soldaten als willenlos funktionierende Maschinen in der Schlacht einsetzen zu können. Man darf nicht damit aufhören, die in Hitlers Namen begangenen Verbrechen gegen die Menschlichkeit immer und immer wieder anzuklagen, man muss aber endlich ernsthaft damit beginnen, die hinter der Person Hitler tätigen Kräfte schärfer ins Blickfeld zu rücken und die Unrechtstaten anderer Schlächter auch als solche zu bezeichnen. Napoleon steht dafür bei mir persönlich ganz oben auf der Fahndungsliste. Friedrich II. fehlt nicht auf ihr.

23.24 Uhr. Hinweis: Berlin 79 km. Die A 9 durchschneidet hier ein vorwiegend aus Kiefern bestehendes Waldgebiet. Kurz vorher konnte ich einige Laubbäume erkennen, darunter auffällig viele Birken, was entlang der A 9 seltener ist. Wie fast überall in den neuen Bundesländern, so stehen auch hier zahlreiche Windräder, die sich schwach im Hintergrund abzeichnen. Erstaunlich, dass bisher auf dieser Strecke noch nichts passiert ist. Ich erinnere mich daran, dass es die ersten Jahre nach der Wende zwischen Berlin und Leipzig unter Garantie mindestens einen Stau nach einem schweren Unfall gab. Entweder auf der Hin- oder auf der Rückfahrt. Wenn ich mit einem Ohr den Radioberichten folge, dann scheppert es anderswo aufgrund des Unwetters dauernd. Hier, Gott sei Dank, nicht! Es könnte also noch reichen. Unter 80 km Reststrecke, wobei mein wirkliches Ziel noch ein paar Kilometer näher liegt und mir noch 35 Minuten Zeit bleiben, es zu erreichen. Das müsste genügen, sofern nichts Unvorhergesehenes passiert. Ich werde das Tempo nochmal ganz leicht erhöhen. Die anderen Autofahrer scheinen sich wie ich im Laufe der Zeit an die widrigen Wetter- und Straßenverhältnisse gewöhnt zu haben. Rechts hat sich schon lange der obligatorische Wurm gebildet, der behäbig die Autobahn entlangkriecht. In der Mitte gibt es Fahrzeuge in größeren Abständen und ganz links zischt nur hin und wieder ein Lebensmüder rasant vorbei und wirft mir seine Schmutzladung auf die Windschutzscheibe. Zosch! Iii-Aar, Iii Aar, Iii Aar. Zisch, Zisch, Zisch. Wisch-Wasch, Wisch-Wasch, Wisch-Wasch.

Gleich erreiche ich die Ausfahrt Brück. Westlich geht es dort nach Brück und in den Naturpark Hoher Fläming, östlich nach Linthe und weiter in den Naturpark Nuthe-Nieplitz, wo es neben einigen rar gewordenen Pflanzen und Tierarten auch Kiebitze und Weißstörche geben soll. Beide lassen mich an meinen Schulweg durch das sumpfige Moor und an meinen Heimatort denken, in dem ich ihnen regelmäßig begegnete. Im Frühjahr und Herbst kann man hier mit etwas Glück gewaltige Schwärme von Wildgänsen beobachten, wenn über vierzigtausend von ihnen den Himmel verdunkelnd in die jeweiligen saisonalen

Quartiere ziehen. Dies erinnert mich an den Wöhrdersee in Nürnberg, meine zweite Heimat, wo zu diesen Zeiten auch hunderte von ihnen zwischenlandeten und nicht nur den See, sondern auch die um ihn herumführenden Wanderwege bevölkerten und blockierten. Die Wölfe fallen mir wieder ein. Ich persönlich bin nicht so erpicht darauf, sie demnächst wieder in meiner Nähe zu wissen. Mir reichen schon die Geschichten von den Hühner stehlenden Füchsen oder den im Hühnerstall ein Blutbad hinterlassenden Iltissen und Mardern, die ich in meinem Ferienhaus regelmäßig von den Nachbarn erzählt bekomme.

Was passiert eigentlich, wenn ich plötzlich bei Julias Familie vor der Tür stehe? Lassen sie mich zu ihr, oder lassen sie mich eiskalt an der Tür abblitzen? Will ich überhaupt zu ihnen? Ich würde mich ja zu gern telefonisch ankündigen, aber ich kann nicht, weil ich mein Handy in der Aufregung vergessen habe. Hoffentlich denken sie nicht aufgrund unseres unschönen Telefonats, ich würde gar nicht kommen! Die letzten Jahre gab es keinen Kontakt mehr, weder zu ihr noch zu ihrer Familie. Deshalb empfand ich es als umso erfreulicher, dass sie trotzdem an mich gedacht und mich benachrichtigt hatten, wenngleich unser anschließendes Telefonat nicht besonders erfreulich war. Mag sein, sie haben unsere Ehe damals nicht als ebenso positiv empfunden wie wir, nicht gespürt, welch positive Impulse von dieser Ehe auch auf Freunde und Verwandte übergingen. Wiederholt waren wir Anlaufstelle, wenn persönlicher Rat oder materielle Hilfe gesucht wurde. Wir haben uns nie verweigert, selbst wenn wir den Nutzen einer Hilfestellung nicht erkennen konnten. Wie wird ihre Familie auf mich reagieren, falls sie mich doch zu ihr lassen? Überwiegen die positiven Erinnerungen aus den Ehejahren oder eher die Verletzungen, die bei einer endgültigen Trennung nie ganz ausbleiben können. Ich werde sehen. Erst einmal muss ich heil und rechtzeitig ankommen. Der Rest ergibt sich dann von allein. Vielleicht muss ich ja auch gar nicht so weit fahren.

Auf der Straße würde ich auch gern wieder mehr erkennen. Dunkelheit, Unwetter und Wischer haben meine Augen bereits sehr in Mitleidenschaft gezogen. Manchmal glaube ich schon angsteinflößende riesige Monster am Himmel zu erkennen, was aber hoffentlich nur von den Blitzen erleuchtete Wolkenumrisse sind. Hinzu kommt jetzt allmählich eine gewisse Konzentrationsschwäche, was mich bei den äußeren Umständen und der mittlerweile fast vierstündigen Fahrzeit nicht verwundert. Nur nicht in einen Sekundenschlaf fallen. Der soll viel häufiger vorkommen, als man glauben mag. Jeder vierte Unfall mit Todesfolge auf Autobahnen wird durch kurzes Einnicken verursacht. Auslöser des Sekundenschlafs können monotone Arbeiten oder eine bequeme Sitzhaltung sein, bei der die Barorezeptoren längs der Wirbelsäule einen Ruhezustand signalisieren, wodurch im Gehirn das Weckzentrum ausgeschaltet wird. Wenn die Sinneswahrnehmung der Augen zusätzlich durch monotone Bildeindrücke die Aufmerksamkeit unterfordert, wird die Gehirnaktivität soweit zurückgefahren, dass Reaktionszeiten von mehreren Sekunden die Folge sind. Sind diese Ursachen nicht alle gegeben, wenn ich hier bequem im Auto sitze, immer nur diese endlose Autobahn und das monotone »Wisch-Wasch« vor Augen habe? Vielleicht sollte ich mein zweites Baguette essen und die Limo trinken, damit ich beschäftigt bin. Wo hab ich denn die Sachen hingelegt. Ich werde einmal vorsichtig auf dem Beifahrersitz tasten. Aha, ich habe sie. Sie lagen unter dem Handtuch.

An der Ausfahrt Brück bin ich vorbei. Hinweis: Berlin 69 km. 23.29 Uhr. In weniger als einer halben Stunde könnte ich dort sein. Das würde noch reichen. Das Baguette ist wirklich lecker, wenngleich Weißbrot natürlich ein Dickmacher ist. Darauf kommt es nun aber auch nicht mehr an. Ich frage mich, da ich das Quiz im Hintergrund im Radio höre, was der gesuchte Dichter bei all seiner Genialität eigentlich privat für ein Mensch war als Mann, Ehemann und Vater. Für mich unbegreiflich, dass er erst mit Ende dreißig seine ersten erotischen Erfahrungen mit der Römerin Faustina gesammelt haben soll. Nicht, weil ich es als zwingend notwendig erachte, möglichst früh sexuell aktiv zu werden, sondern weil seine ersten Werke durchaus derb sind und er es in jungen Jahren mit seinem Landesherrn Karl August so richtig krachen ließ.»Indessen was hab ich mit den Flegeln Sie mögen fressen und ich will vögeln.« Zudem war er ein leidenschaftlicher, gutaussehender, charmanter, gebildeter und wohlhabender Mann. Er dürfte also mehr als genug Verehrerinnen gehabt haben. Kann man sich bei diesen Voraussetzungen dauerhaft den andrängenden Damen verweigern? Will man sich ihnen überhaupt verweigern, wenn man der Damenwelt derart zugeneigt ist, wie er es ganz offensichtlich war? Was weiß das Radioquiz über den Dichter zu berichten?

»Seinem Selbstverständnis nach sah er sich selbst als Genie, ausgestattet mit der Begierde, die Pyramide seines Daseins so hoch wie möglich in die Luft zu spitzen und durch pausenloses Forschen und Nachdenken die Frage zu klären, was die Welt im Inneren zusammenhält. Aus diesem Grunde wollte er sich auch keine Fesseln anlegen lassen, beispielsweise durch eine Heirat. Sein Freund Karl Ludwig von Knebel sagte über ihn:»Er war Egoist im höchsten Grade: aber er mußte es sein, denn er wußte, welchen Schatz er zu verwahren hatte.« Er verstand es auch meisterlich, andere für sich arbeiten zu lassen, worunter unter anderen auch sein Sohn nachhaltig zu leiden hatte. Dessen Abschiedsgedicht vor Antritt seiner Italienreise, von der er nicht heimkehren sollte, beginnt »Ich will nicht mehr am Gängelbande Wie sonst geleitet seyn Und lieber an des Abgrunds Rande von jeder Fessel mich befreien«.

Welcher Art waren des Dichters Beziehungen zu den versprochenen oder bereits gebundenen Frauen, die er wiederholt suchte und so intensiv pflegte, dass er sogar von Ehegatten hinauskomplimentiert werden musste? Thomas Mann lässt Charlotte Kestner diesbezüglich böswillig von ihm als von einem »Schmarotzer« sprechen. Kann man wirklich fast ein Jahrzehnt einer Frau in Liebesglut nahe sein, sein ganzes Leben auf sie ausrichten, eine Zeit lang gar Tür an Tür mit ihr wohnen, ohne ihr zu nahe zu kommen? Nach zehn Jahren wirklich lediglich ein schwer abgerungenes »Du«? Wie will man ferner seine fast achtzehnjährige uneheliche Lebensgemeinschaft und sein uneheliches Kind werten? Hat er seine langjährige Lebensgefährtin und sehr späte Ehefrau nicht aus Sicht der damaligen Gesellschaft zu einer Hure gemacht, ihren gemeinsamen Sohn zu einem Bastard, was beide auch schmerzlich zu spüren bekamen? So konnte beispielsweise der Sohn seine Braut Ottilie erst ehelichen, nachdem seine gesellschaftlich gemiedene Mutter verstorben war. Vorher hätte die Familie der Braut einer Verbindung niemals zugestimmt. Offensichtlich ging von der Gattin eine so starke erotische Anziehungskraft für den Dichter aus, dass er, der Ordnungsfanatiker, ihretwegen gesellschaftliche Schranken überschritt, die er normalerweise akribisch einhielt. Dem gegenüber weilte er über die gemeinsamen Jahre hin betrachtet mehr in Jena, auf Kur oder auf Reisen, als in seinem Heim bei Frau und Kind. Bei Gefahr entfernte er sich wenig gentlemanlike und ließ die beiden allein zurück.

Was ist an jenem 14. Oktober 1806 wirklich geschehen, als betrunkene französische Marodeure in sein Haus eindrangen? Was veranlasste ihn, der absolut nicht heiraten wollte, seinem ehernen Vorsatz untreu zu werden und seine Retterin ein paar Tage nach jener Nacht zu ehelichen? Musste er mit ansehen, wie ihr körperliches Leid zugefügt wurde, um sein Leben zu retten? Wie war ihr grundsätzliches Verhältnis zueinander? Hatten die zwei ein modernes Arrangement getroffen? Immerhin verliebte er sich immer wieder, aber auch sie, die gern tanzte, Karten spielte und trank, machte jungen Männern »Äugelchen«. In ihren Briefen gestanden sie es sich offen ein.

Waren der Dichter, seine Ehefrau und ihr gemeinsamer Sohn Alkoholiker? Ihr übermitteltes körperliches Erscheinungsbild lässt darauf schließen. Laut Zeitzeugen trank er in Gesellschaft nicht wenig. Der Wein weckte in ihm die schöpferischen Kräfte, machte ihn gesellig, erhöhte seine Lebenslust und half ihm über depressive Stunden hinweg, die ihn wiederholt heimsuchten. »Das Trinken lernt der Mensch zuerst, viel später erst das Essen. Drum soll er auch aus Dankbarkeit das Trinken nicht vergessen«, war sein Credo. Seiner Ehefrau schrieb er: »Nach dem Gelde ist wohl der Wein am ersten wert, daß man sein gedenke.« Er bezog den Wein in Fudern, was 1200 Litern entspricht, trank selbst pro Tag mindestens 2 Liter, am liebsten Frankenweine, woran er auch seine geliebten Enkel teilhaben ließ, wie seine Schwiegertochter berichtet: »Da machte es ihm ein besonderes Vergnügen, die emsig lernenden Enkelchen mit aus seinem Glase trinken zu lassen und sich herzlich zu freuen, wenn sie ganz fröhlich wurden und das Lernen völlig vergassen.« Einmal, 1818, feierte er seinen Geburtstag versehentlich einen Tag zu früh. Nachdem man ihn auf diesen Fehler hingewiesen hatte, meinte er verdutzt: »Donnerwetter! Da habe ich mich ja umsonst besoffen.«

Der Sohn bekam ebenfalls schon als zehnjähriges Kind Alkohol zu trinken, vornehmlich von der trinkfesten Mutter. Als Elfjähriger hatte er einmal auch nach dem fünfzehnten Glas noch nicht genug und war bereits in jungen Jahren recht aufgedunsen. Als er nach seinem frühen Tod in Rom seziert wurde, fand man eine dreifach vergrößerte Leber, die knirschte, als man sie durch schnitt. Die Gattin, der man laut Zeitgenossen bereits zu Lebzeiten dank Fettleibigkeit und roter Weinnase deutlich den erhöhten Alkoholkonsum ansah, starb unter entsetzlichen Schmerzen an einer Urämie als Folge einer Niereninsuffizienz, die auf erhöhten Alkoholkonsum zurückgeführt werden kann. Warum trank sie so viel? Weil sie so oft allein war? Weil sie gesellschaftlich offen gemieden und angefeindet wurde?

War er kaltherzig, wie häufig behauptet wird, unangenehm, wie Thomas Mann ihn schildert? Auch wenn er nicht einmal zum Begräbnis seiner eigenen Ehefrau ging, ihren sich über Tage hinziehenden fürchterlich qualvollen Todeskampf mied, hat er sie dennoch aufrichtig und innig geliebt und gegen gesellschaftliche Anfeindungen in Schutz genommen. Davon zeugen einige seiner schönsten Gedichte, ihr Briefverkehr und die Art, wie er letztlich fest zu ihr stand, auch und gerade in der Öffentlichkeit. Zu ihrem Tod schrieb er jenes Gedicht, welches man noch heute eingemeißelt auf ihrem Grabstein bei der Jakobskirche in Weimar lesen kann: »Du versuchst – o Sonne, vergebens durch die düstern Wolken zu scheinen! Der ganze Gewinn meines Lebens ist, ihren Verlust zu beweinen.« Davon war mir einiges unbekannt.

23.34 Uhr. Nur noch 26 Minuten verbleiben mir. »Der ganze Gewinn meines Lebens ist, ihren Verlust zu beweinen.« Darüber muss ich nachdenken. So wird es für mich sein. Nein! So war es bereits, seit ich von ihr fortging! Mit dir hätte ich hingegen nichts mehr beginnen dürfen. Zu viele Verletzungen an meinem Herzen waren bereits vorher irreparabel eingefräst. Du hast die letzte entscheidende Wunde hinzugefügt. Sie wird nicht mehr aufhören zu bluten. Ich werde an ihr verbluten. Todsündenstrafe! »Das war ein ausgesprochen harmonischer Urlaub, wirklich wunderschöne Tage der Gemeinsamkeit«. Du hättest genauso gut zu mir sagen können: »Das war's! Ich wende mich wieder meinem Ehemann zu!« Obwohl ich von Anfang an wusste, dass dieser Tag kommen würde, an dem die zu nahe genossene Sonne das Wachs an den Federkielen schmelzen und mich zu Tode stürzen lassen würde, entzieht es mir jetzt zusätzlich die notwendige Lebenskraft. »Sie zog mir mein Leben in's ihre hinein, Ich habe nichts mehr, um lebendig zu sein.« Ich habe mich leider, obwohl ich mich immer dagegen gewehrt habe, zu sehr in dich verliebt, oder zumindest in die, die ich in dir sah. Vermutlich im ersten Moment, als ich dich im gleißenden Sonnenlicht der überbreiten Fensterfront erblickte. Alter schützt vor Torheit nicht.

Du warst leicht wie eine kleine Daunenfeder, die sich, von meinem über meine geöffnete Handfläche geblasenen warmen Atem zum Leben erweckt, kurz erhob, einige wirbelnd aufsteigende Pirouetten drehte, um dann unaufhaltsam trudelnd zu Boden zu sinken. Du zitiertest nicht Klopstock. Du wichst mir auch nicht aus. Dir fehlte die dazu nötige Moral. Das spürte ich im ersten Moment unserer Begegnung. Dennoch verliebte ich mich. Oder erinnerte ich mich nur meiner verlorengegangenen Liebe? Gefühle kann man nicht leiten. Man muss sie ertragen lernen. Liebe beginnt mit einem Lächeln, lebt mit Küssen und stirbt mit Tränen. Was wirst du nun tun? Weiterhin die glückliche Ehefrau spielen? Mich nach einer gewissen Zeit durch einen neuen Liebhaber ersetzen, weil du den Nervenkitzel suchst oder deine Libido dich dazu zwingt? Wann und mit wem wirst du dein schönes Leben zerstören, nachdem du meines bereits mit zerstört hast? »Der du von dem Himmel bist, Alles Leid und Schmerzen stillest, Den, der doppelt elend ist, Doppelt mit Erquickung füllest; Ach, ich bin des Treibens müde! Was soll all der Schmerz und Lust? Süßer Friede, Komm, ach komm in meine Brust!«

23.37 Uhr. Beelitz, eine der letzten markanten Stationen meiner Fahrt, ist vor allem als Mittelpunkt des größten brandenburgischen Spargelanbaugebietes und für seine Arbeiter-Lungenheilstätte, von 1945 bis 1994 das größte Militärhospital der sowjetischen Armee außerhalb der Sowjetunion, bekannt. Dies war auch der Aufenthaltsort des an Leberkrebs erkrankten Erich Honecker, bevor er und seine Frau Margot am 13. März 1991 nach Moskau ausgeflogen wurden. Während des Dreißigjährigen Krieges, man muss es auf dieser Strecke fast nicht mehr erwähnen, litt auch Beelitz unter Truppendurchmärschen und Einquartierungen und musste Kontributionszahlungen leisten. Interessiert mich das eigentlich noch? Kurz nach der Wende sorgte die »Bestie von Beelitz« oder auch der »Rosa Riese« für Schlagzeilen. Er ermordete insgesamt fünf Frauen und einen Säugling, drei weitere Mordversuche mißlangen ihm. Aktuell unterzieht sich der zu 15 Jahren verurteilte im angeschlossenen Maßregelvollzug einer Hormonbehandlung, weil er eine Frau werden möchte. Ein weiblicher Vorname wurde ihm vom Gericht bereits zuerkannt, was ihn aber scheinbar nicht davon abhielt, eine Transsexuelle im Gefängnis zu vergewaltigen. Ein eingeleitetes Ermittlungsverfahren wurde jedoch eingestellt. Ich höre mir täglich solche Meldungen an und denke: O.k., du musst nicht alles verstehen, was auf dieser Welt vor sich geht. So ergeht es mir aber seit langem in fast jeder Nachrichtensendung. Sind das überhaupt noch Nachrichten? Etwas, wonach man sich richten kann? Wonach ich mich richten kann? Was macht mein Quiz?

»Der gesuchte Dichter bekleidete in seiner Wahlheimat nach dem Fürsten nicht nur das höchste Staatsamt, sondern verwaltete lange Zeit parallel mehrere Ministerien und brachte den Kleinstaat auf verschiedenen Ebenen spürbar voran. Anfangs erhielt er 1200, dann 1800, zum Schluss 3100 Thaler für sein erfolgreiches Wirken, was sich nur schwer in heutige Kaufkraft umrechnen lässt. Schiller vertrat vergleichsweise die Ansicht, von 2000 Thalern könne man angenehm leben, ein einfacher Arbeiter verdiente zu jener Zeit 100 Thaler. Unser gesuchtes Genie konnte aber von seinem Gehalt allein nicht leben. Er sah sich gezwungen, zusätzlich 2/3 seines ererbten stattlichen väterlichen Vermögens und seine Einkünfte aus literarischer Arbeit aufzubringen, um finanziell über die Runden zu kommen. Einmal musste er sogar ein Darlehen aufnehmen, ein anderes Mal einen Bediensteten anborgen.« Ob es ihm missfiel, dass, wie ich einmal las, Karoline Jagemann, gefeierte Schauspielerin und Geliebte des Fürsten, die ihre Arbeit vermutlich auch noch überwiegend liegend erledigen konnte, stattliche 10.000 Thaler dafür erhielt? Ist eine Freude spendende und Leben schenkende Vagina drei Mal mehr wert als ein schöpferischer Geist?

Rückblickend auf die bisher zurückgelegte Strecke befällt mich der Eindruck, die A 9 ist eine Sightseeingtour der Schlachtfelder, Blutlachen und Leichenhügel. Immer wieder Blut und Tod, aber auch bedeutende Wurzeln der deutschen Geschichte. Für mich ist sie ebenso ein Rückblick auf vergangene, gescheiterte Beziehungen. Wie kommen eigentlich andere Männer mit ihren Frauen oder Freundinnen zurecht? Napoleon zum Beispiel? Der nahm sich erst gar nicht die Zeit, einer Frau den Hof zu machen, kam ohne Umschweife zur Sache und befahl der jeweiligen Dame einfach: »Déshabillez-vous!« Die Frau war für ihn nichts weiter als ein Mittel zur Erholung von der Arbeit. »Die Frauen sind unser Eigentum, wir sind nicht das ihrige, denn sie geben uns Kinder, der Mann aber gibt ihnen keine. Sie sind unser Besitz, wie ein Baum, der Frucht trägt, der Besitz des Gärtners ist.« Und weiter: »Es ist besser, die Frauen beschäftigen sich mit Handarbeiten, als daß sie ihre Zunge gebrauchen, besonders wenn sie sich in die Politik mischen wollen … Die Staaten sind verloren, sobald Weiber die öffentlichen Angelegenheiten in die Hand nehmen.« Ich sehe schon die Frauenrechtlerinnen mit Recht die Augen rollen und die Messer wetzen. Unser Dichter hingegen liebte die Frauen, verehrte sie, war sanftmütig und rücksichtsvoll, liebte wiederholt rein platonisch. Dennoch gibt es auch von ihm Aussagen wie: » Pah! Als ob die Liebe etwas mit dem Verstande zu tun hätte! Wir lieben an einem Frauenzimmer ganz andere Dinge als den Verstand. Wir lieben an ihr das Schöne, das Neckische, das Zutrauliche, den Charakter, ihre Fehler, ihre Capricen, und Gott weiß was alles Unaussprechliche sonst; aber wir lieben nicht ihren Verstand.« War dies mein Problem? Wollte ich die Frauen immer anders sehen, als sie waren? Sah ich gar das Leben generell anders, als es war?

23.40 Uhr. Meine verbleibende Zeit verrinnt unaufhaltsam. Die lange und mühselige Fahrt nähert sich dem Ende. Die bösen Geister durchstreifen wild den angsterfüllten Nachthimmel und formieren sich langsam zum Angriff. Sie lauern. Hat sich der ganze Aufwand gelohnt oder war es nur Müh und Plag wie bei ihm? Worin liegt überhaupt der Sinn des Lebens. Nach welchen Werten sollten wir uns richten? In Englisch las ich vor Jahren eine kurze Geschichte mit dem Titel »The Philosopher and the Ferryman«, die mir seitdem nie wieder aus dem Sinn ging. Darin lässt sich ein Philosoph von einem Fährmann in einem kleinen Boot über einen großen Fluss setzen. Während der Fahrt fragt der Philosoph den Fährmann, ob er etwas von Arithmetik verstehe. Der Fährmann verneint die Frage mit den Worten, er habe nie auch nur ein Wort darüber gehört. »Das tut mir sehr leid für sie, denn damit haben sie ein Viertel ihres Lebens verloren!« Nach einer Weile stellt der Philosoph dem Fährmann eine zweite Frage: »Wissen sie vielleicht etwas über Geometrie?« Wieder verneint der Fährmann mit den Worten, er habe nie auch nur ein Wort darüber gehört. »Das tut mir sehr leid für sie, denn damit haben sie ein zweites Viertel ihres Lebens verloren.« Nach einer gewissen Pause stellt der Philosoph eine dritte Frage: »Wissen sie denn wenigstens etwas über Astronomie?« »Oh, nein! Ich habe niemals auch nur ein Wort darüber gehört!« »Das tut mir sehr leid für sie, denn damit haben sie ein drittes Viertel ihres Lebens verloren!« In diesem Moment rammt das kleine Boot einen im Fluss befindlichen unsichtbaren Felsen. Der Fährmann springt auf und ruft: »Können sie schwimmen?« »Oh, nein, ich kann absolut nicht schwimmen!« »Das tut mir sehr leid für sie, denn damit werden sie ihr ganzes Leben verlieren, weil das Boot gerade sinkt!«

23.42 Uhr. Dreieck Potsdam. Gleich ist es geschafft. Ich fühle es. Ich muss nicht zu ihrer Familie fahren. Ich werde Julia hier begegnen. Bis heute weiß ich nicht einmal genau, weshalb ich sie verließ. Es gab vordergründig keinen konkreten Anlass dafür. Den Freitagabend hatten wir nach der Arbeit und dem Abendessen noch mit unserem Gast, einem jungen Mädchen mit familiären Problemen, das längere Zeit bei uns wohnte, zusammen gesessen, Gesellschaftsspiele gespielt und waren anschließend relativ zeitig schlafen gegangen. Ich kann mich nicht erinnern, dass es an diesem Tag oder Abend irgendwelche besonderen Spannungen zwischen uns gegeben hätte. Es war ein ganz normaler, wenn nicht gar harmonischer Ausklang der Arbeitswoche. Beim Spielen haben wir jedenfalls noch viel miteinander gelacht. Am nächsten Morgen frühstückten wir alle wie gewohnt gemeinsam, dann fuhr sie mit dem Mädchen in die Gemeinde, weil sie an dem Samstag

Putzdienst hatte, während ich wie jeden Tag mit unseren beiden Hunden Gassi ging. Ich lud sie ins Auto und fuhr zum nahegelegenen Wald, wo ich über eine Stunde lang mit ihnen spazieren ging. Auch dabei kann ich mich nicht daran erinnern, Gedanken an Trennung oder gar Pläne zum Fortgehen gehabt zu haben. Wieder daheim fütterte ich zuerst die Hunde und danach die Vögel. Anschließend ging ich ins Haus, kochte mir in der Küche einen Kaffee, setzte mich aber, daran erinnere ich mich genau, nicht wie üblich an unseren kleinen runden Tisch, sondern blieb an der Theke stehen und trank den Kaffee im Stehen wie ein flüchtiger Gast, obwohl ich für den Tag keinen bestimmten Plan hatte, von daher auch keinerlei Zeitdruck verspürte. Nur die Voliere musste irgendwann gereinigt werden, wie jeden Samstag.

Ich weiß nicht mehr, woran ich dachte. Ich stand einfach da und blickte vor mich hin. Unser Heim war mir Haus geworden. Selbst unser kleiner runder Tisch, an dem wir so viele harmonische Stunden im vertrauten Gespräch miteinander verbracht hatten, war nur mehr Möbel. Ein mir unbekannter Virus hatte mich von mir unbemerkt befallen und mein Vertrauen zu ihr und die Vertrautheit unseres Heimes allmählich zerstört. Ich weiß nur noch, dass ich, nachdem ich den Kaffee getrunken hatte, in den Keller ging, mir eine Reisetasche suchte, sie oben im Schlafzimmer mit Kleidung für ein paar Tage füllte und dann wieder in die Küche zurückkehrte. Dort machte ich mir einen zweiten Kaffee, suchte mir einen kleinen Zettel und einen Stift, schrieb die zwei Worte »Lebe wohl« darauf und legte ihn auf die Theke. Dann streifte ich mit einiger Mühe den Ehering ab und legte ihn sorgsam dazu. Ich nahm die Reisetasche, verabschiedete mich von den Hunden, stieg ins Auto und fuhr los. Den Kaffee ließ ich stehen.

Wohin sollte ich fahren? Ich hatte keinen Plan. Also zuerst einmal ins Büro. Nachdenken und abwarten. Dort erledigte ich einige liegen gebliebene Arbeiten der vergangenen Woche, verfolgte die Fußballbundesliga im Radio und verbrachte so den Tag. Nachdem sie sich bis zum frühen Abend nicht bei mir gemeldet hatte, was ich insgeheim erhofft hatte, fasste ich den Entschluss, mich um eine Bleibe für die Nacht zu kümmern. Zu Freunden wollte ich nicht, wegen möglicher unangenehmer Fragen. In der Heimatstadt ein Hotelzimmer zu nehmen fand ich merkwürdig. Schließlich schaute ich im Telefonbuch nach Pensionen und fand eine ganz in der Nähe, die auch noch ein Zimmer frei hatte. »Wie lange?« Darüber hatte ich mir keine Gedanken gemacht. »Äh, erst einmal fürs Wochenende.« »Ach, so!« Was bedeutete dieses »Ach, so!«? Vermutlich: »Weiß Bescheid, Eheprobleme!« Wieso hatte sie nicht angerufen? Sie musste doch längst daheim sein, den Ehering gefunden und den Zettel gelesen haben.

Die Pension war recht bescheiden, aber sauber. Ich bezog ein winziges Zimmer mit einem Bett, einem Spind, einem kleinen Tisch mit Stuhl, einem kleinen Fernseher auf dem Tisch und einer Duschkabine in der Ecke. Toilette auf dem Gang. Es sollte für zwei Monate meine Bleibe werden. Dann nahm ich mir eine Wohnung. Mehrere Monate schlief ich auf einer Luftmatratze, hängte meine wenige Kleidung auf einen fahrbaren Garderobenständer, wie man ihn aus Kaufhäusern kennt, den mir eine Bekannte geliehen hatte, und trank meinen Kaffee aus einem Henkelbecher mit Werbeaufdruck. Dann holte ich meine Sachen. Nur Kleidung, Bilder, Bücherregale, Bücher, Schallplatten und CDs. Nach einem halben Jahr kaufte ich mir einige billige Möbel, weil ich für die Übergangszeit nicht allzu viel Geld verbrennen wollte. Es war keine Übergangszeit. Trotz mehrfacher Versuche von beiden Seiten bekamen wir unser gemeinsames Leben nicht wieder in den Griff. Man kann nicht zwei Mal an derselben Stelle in die Fluten eines Flusses springen, denn wie das Leben drängen sie in einer ständig abfließenden Bewegung der Mündung entgegen. Drei Jahre später wurden wir geschieden.

»Alles, was mit mir in Berührung kommt, wird dahingerafft.« So kommentierte Napoleon das Fischsterben im Bassin bei seiner letzten Bleibe auf St. Helena. Seine Unterleibskrankheit machte ihm seit langem schwer zu schaffen. Er hatte Schwierigkeiten beim Wasserlassen, litt an Verstopfung und Hämorrhoiden, bekam Magenkrämpfe und Darmbeschwerden. Schmerzen zermürbten ihn, machten ihn schlaff und schläfrig. Häufig wechselte er vom Bett in einen Sessel und wieder retour. Er wurde matt und mager, hatte die Ruhr hinter sich, bekam Rheuma und Schwindelanfälle, der Magen wurde immer empfindlicher, schließlich nahm er nur noch Suppe und Sülze auf. Die Brechanfälle nahmen zu. Am 5. Mai 1821, elf Minuten vor 6 Uhr, starb er nach langem qualvollem Leiden fernab von Familie, Ehefrau und Kind. Neueste Forschungsergebnisse attestieren Magenkrebs als Todesursache, wie schon bei seinem Vater. Vergiftet wurde er nicht. »A la tête de l'armée« sollen seine letzten Worte gewesen sein. Wie Friedrich von Gentz es analysiert hatte: »So lange er entschlossen ist zu herrschen, bleibt die Aufrechterhaltung seines militärischen Ruhmes seiner Sorgen erste und letzte.«

Als Napoleons Tod in Frankreich bekannt wurde, meinte Talleyrand, dies sei nur noch eine Neuigkeit, aber kein Ereignis mehr. Die Farbe seines Sarkophages gleicht der von geronnenem Blut. Das Material stammt aus Russland, jenem Land, in dem sein politisches und militärisches Ende eingeläutet worden war. Wenn man ihn im Invalidendom sehen will, muss man sich auf einer erhöhten Ballustrade über ein Geländer beugen, wodurch man sich automatisch vor ihm verneigt. Ich wollte das nicht. Absolut nicht! Ich halte mich an Graf Schuwalow: »Schaut ihn euch an, ihr seht, daß die Verachtung die einzige Waffe ist, die ihr gegen diesen Mann verwenden könnt.« Der »Arc de Triomphe« zu Ehren Napoleonischer Unrechtstaten ist fast 50 m hoch, 45 m breit und 22 m tief. Wie groß müsste erst ein »Arc de Tristesse« sein, um all die Millionen von Toten beizusetzen, die direkt oder indirekt Opfer seines maßlosen und letztendlich sinnlosen Ehrgeizes wurden? Wie erging es dem gesuchten Dichter? Erzählen sie im Quiz etwas darüber?

»Der von uns Gesuchte beschäftigte sich seine letzten Lebensjahre, nachdem seine schwärmerische Liebe zu der erst 19-jährigen Ulrike von Levetzow nicht erwidert wurde, mit der Sichtung und Ordnung seines Lebenswerkes, seiner Autobiographie und der Vollendung seines Hauptwerkes, an dem er fast sein ganzes Leben lang arbeitete. Entgegen der allgemeinen Meinung erlitt er viele Einbußen, musste Kummer hinnehmen und viel Entsagung üben. Mit 65 Jahren resümierte er, rückblickend auf seine Italienreise: »… seit ich über den Ponte molle heimwärts fuhr, habe ich keinen rein glücklichen Tag mehr gehabt.« Zehn Jahre später äußerte er gegenüber seinem Sekretär: »Im Grunde ist es nichts als Mühe und Arbeit gewesen. Und ich kann wohl sagen, daß ich in meinen 75 Jahren keine vier Wochen eigentliches Behagen gehabt. Es war das ewige Wälzen eines Steines, der immer von neuem gehoben sein wollte.«

Ein halbes Jahr vor seinem Tode besuchte er während seiner letzten Reise nach Ilmenau noch einmal den Kickelhahn. Er stieg mit einem Begleiter in das obere Stockwerk der Jagdhütte, wo er vor über 50 Jahren einen kleinen Vers an die Wand geschrieben hatte, den er gern noch einmal sehen wollte. Voller Inbrunst las er diese wenigen Zeilen, wobei ihm die Tränen über seine Wangen flossen. Ganz langsam zog er sein schneeweißes Taschentuch aus seinem dunkelbraunen Tuchrock, trocknete sich die Tränen und sprach in sanftem, wehmütigem Ton: »Ja: warte nur, balde ruhest du auch!« Dann schwieg er eine halbe Minute lang, sah nochmals durch das kleine Fenster in den düsteren Fichtenwald und wandte sich darauf zu seinem Begleiter mit den Worten: »Nun wollen wir wieder gehen!« Er starb am 22. März 1832, kurz nachdem er, ganz entgegen seiner sonstigen Gewohnheit, ein mit etwas Wasser verdünntes Glas Wein nur genippt hatte. Seine letzten Worte an seine ihn aufopferungsvoll pflegende Schwiegertochter Ottilie: »Komm, mein Töchterchen, setze Dich ganz nahe und gib mir ein Pfötchen!« Gegen 11.30 Uhr starb er in seinem Schlafzimmer in einem Lehnsessel sitzend. »Kein Krampf, kein Zucken bezeichnete den furchtbaren Moment; er hörte nur auf zu atmen.«

Dreieck Werder. 390 km gefahren. Ich werde unruhig. Westlich von hier liegt das Kloster Lehnin, eine 1180 gegründete und 1542 säkularisierte ehemalige Zisterzienserabtei, die ich ebenfalls besuchen wollte, aber bis heute nicht gesehen habe. Die Gründungslegende um das Kloster fand Eingang in die deutsche Literatur, sowohl bei Willibald Alexis als auch bei Theodor Fontane. Alexis gibt in seinem Roman »Der Werwolf« die Legende »Dietrich Kagelwit und die Schweinsohren« wieder. Danach holte der Kaiser Karl IV. den Lehniner Mönch Kagelwit an seinen Hof, weil er von der Suppenkreation beeindruckt war, die der Mönch ihm bei einer Rast in Lehnin zur Stärkung vorgesetzt hatte. Aus der Not heraus, kein Fleisch zu haben und die für den Winter in Reserve gehaltenen Schweine auf Anweisung des Abtes nicht schlachten zu dürfen, schnitt der spätere Bischof Kagelwit der Legende nach den Schweinen die Ohren ab und würzte damit nach des Kaisers Befund die Suppe auf das Vorzüglichste. Solche Geschichten habe ich stets aufmerksam registriert, weil sie uns so viel über unsere Gesellschaftsstrukturen verraten.

23.49 Uhr. 395 km gefahren. Hinweis: Historischer Stadtkern Werder. Die Anspannung wächst. Gleich wird es geschehen. Werder ist überregional durch den Obstanbau bekannt, der hier bereits von den Zisterziensermönchen des Klosters Lehnin betrieben wurde, und durch das jährlich im Mai stattfindende Baumblütenfest, das zu den größten Volksfesten in Deutschland zählt. Im Dreißigjährigen Krieg wurde die Stadt wiederholt durch schwedische Truppen geplündert, Anfang der 1950er Jahre bildete sich eine aktive Oppositionsgruppe von Jugendlichen gegen das DDR-Regime und die sowjetische Besatzungsmacht. Ein sowjetisches Militärtribunal verhängte 8 Todesurteile, von denen 7 durch Erschießen in der Lubjanka in Moskau vollstreckt wurden. Immer wieder Tod auf dieser Strecke. Ich würde jetzt gern an etwas anderes denken: an Leben nach dem Tod.

Julia kam in den fünfziger Jahren als kleines Mädchen regelmäßig zur Erntezeit mit ihrer Familie zum Obstpflücken nach Werder. Ganz von Karlshorst her fuhr sie mit den öffentlichen Verkehrsmitteln hierher und anschließend mit den voll beladenen Taschen mit Obst in beiden Händen wieder zurück. Das war sicherlich anstrengend für die kleine Göre mit ihren langen geflochtenen schwarzen Zöpfen und ihrem roten Strickjäckchen. Daran muss ich jedes Mal denken, wenn ich diese jetzt beginnende lang gezogene Rechtskurve durchfahre. Hier bin ich ihr in all den Jahren seit unserer Trennung stets unerklärlich nahe gewesen, wie sonst nirgendwo. Ob ich ihr hier wirklich noch einmal begegne? In ihrer Lieblingsgarderobe, wie ich es einst gelesen hatte?

Wie mag sie jetzt wohl aussehen? Ob sie wieder lächelt, so wie früher, wenn ich abends ebenfalls müde und erschöpft heimkehrte und mich auf ihren Anblick freute? Oft begrüßte sie mich mit den Worten: »Schön, dass du endlich da bist. Ich habe schon auf dich gewartet. Komm herein, der Tee steht bereits auf dem Tisch.« Was ist das? Die Melodie kenne ich doch? Das klingt wie mein Handy. Sollte ich es doch nicht vergessen haben? Tatsächlich, ich höre mein Handy. Aber wo ist es nur? In der Konsole hatte ich doch nachgesehen. Erst einmal das Radio leiser stellen, dann genau hinhören. Die nervigen Wischer sind auch zu laut. Ich stelle sie ebenfalls kurz ab. Es wird schon nichts passieren. Das Handy scheint auf dem Boden zu liegen, irgendwo dort vor dem Beifahrersitz. Ob ich von hier aus heranreiche? Schwierig, aber bis ich rechts herangefahren bin und angehalten habe, ist die Verbindung beendet. Vermutlich ist es Julia, die wissen will, wann ich endlich komme. Ich beuge mich einmal hinüber. Noch ein Stückchen, gleich habe ich es geschafft. Ich kann es schon mit der Fingerspitze spüren. Undeutlich erkenne ich bereits ihr freundlich lächelndes Gesicht. Nur noch ein ganz kleines Stückchen …

*

»Bist du es? Wirklich? Hast du hier auf mich gewartet, so wie früher? Sie wollten nicht, dass ich dich noch einmal sehe, obwohl ich sie so sehr darum gebeten hatte. Ich bin dennoch gekommen. Trotz des Unwetters. Hierher, wo ich dir in den vergangenen Jahren immer so unerklärlich nahe war. Ich habe gespürt, dich hier zu treffen. Es ist so hell bei dir. Im grellen Gegenlicht kann ich dich fast nicht erkennen, freue mich aber sehr, dich endlich nach all den Jahren wieder zu sehen! Ich hatte schon befürchtet, wegen des Unwetters nicht mehr rechtzeitig bei dir sein zu können. Jetzt ist alles friedlich, trocken und heimelig warm. Das fürchterliche Unwetter ist endlich vorüber. Du trägst das rote Strickjäckchen und den grün-roten Glockenrock, genau, wie ich es gelesen habe! Beides mochte ich immer so gern an dir. Kommst du mich abholen? Ich würde gern wieder einen Tee mit dir trinken an unserem kleinen runden Tischchen und dir erzählen. Weißt du, es gibt so viel zu erzählen. Die letzten Jahre ohne dich waren so furchtbar schwer und einsam für mich. Ich möchte nur noch kurz das Ende von diesem Quiz im Radio hören. Danach begleite ich dich zu Ihm. Dieses Mal für immer, um gemeinsam mit dir Seine reine göttliche Liebe zu empfangen, ohne deren Erfahrung menschliche Liebe nicht möglich ist!«

*

Ein Rettungssanitäter erzählte später: »Als wir unmittelbar vor Mitternacht an der Unglücksstelle eintrafen, lag der Fahrer mit einem entspannt lächelnden Gesicht und weit ausgestrecktem rechten Arm halb auf dem Beifahrersitz. Als ob er nach etwas greifen wollte. Aber da lag nichts. Nirgends. Auch kein Gepäck. Nur ein Handtuch auf dem Beifahrersitz und eine leere Limonadendose davor auf dem Boden. Seine Lippen bewegten sich leicht, als ob er mit jemandem sprechen würde. Der Motor war aus, aber das Radio lief noch, leise zwar, aber man konnte alles gut verstehen. Eine Sprecherin verabschiedete sich gerade mit einem kurzen Gedicht Goethes, das ich während meiner Schulzeit auch einmal auswendig lernen musste. Ich glaube, ich bekomme es sogar noch hin. Wie war das noch gleich?

»Über allen Gipfeln Ist Ruh,
In allen Wipfeln Spürest du Kaum einen Hauch;
Die Vögelein schweigen im Walde.
Warte nur, balde Ruhest du auch.«

Danach sackte der Fahrer leicht in sich zusammen, als ob er nur noch auf das Ende der Sendung gewartet habe. Aber er lächelte immer noch. So ein zufriedenes Lächeln, wissen sie. Als ob er sein Ziel endlich erreicht hätte«.

Danksagung

Für die formalen und inhaltlichen Korrekturen an diesem Buch danke ich meinem ehemaligen Deutsch-und Geschichtslehrer Eberhard Wolff, für die formalen meinem Jugendfreund und Lektor Hartmut Schröder. Waltraud Koch danke ich, wie bei meinem Erstling »Roggenmoor«, für die hilfreichen inhaltlichen Anmerkungen. Ein ganz besonderer Dank geht an den Brieselanger Maler und Bildhauer Wolfgang »Wolle« Schmidt für die Überlassung des Titelbildes.

In Summa bedanke ich mich bei all den Autoren, Instituten, Kommunalverwaltungen, Fremdenverkehrsvereinen, Touristinfos und Fremdenführern, ohne deren Hilfe mir die Darstellung der historischen und geographischen Gegebenheiten entlang der A 9 nicht möglich gewesen wäre.

Brieselang im November 2013
Günter F. Janßen